Chère lectrice,

A l'approche de l'été, il nous prend souvent des envies soudaines de vacances. On rêve alors de chaleur, de paresser à l'ombre des palmiers, sur le sable blanc d'une plage paradisiaque, de s'adonner au plaisir de la baignade…

Mais en attendant de pouvoir vivre ce rêve enchanteur, vous pouvez compter sur vos romans Azur pour inonder votre quotidien de soleil et de chaleur. Nul doute qu'ils vous feront voyager aux quatre coins du globe, au gré des aventures de vos héroïnes : de Saint-Pétersbourg aux dunes ocre du désert, préparez-vous à un fabuleux dépaysement, intense et plein d'émotions. Intense comme la passion tumultueuse qui anime ces jeunes femmes, parfois fragiles en apparence, mais plus fortes que jamais quand il s'agit de vivre leur histoire d'amour. A l'instar de Natalia, princesse et héritière de « La couronne de Santina », qui n'hésite pas à risquer son titre et son rang pour se perdre dans les bras de l'irrésistible homme d'affaires Ben Jackson (*Le pari d'un milliardaire*, n°3365).

Et, bien sûr, je vous donne rendez-vous le mois prochain, avec d'autres merveilleuses et romantiques histoires d'amour.

Bonne lecture !

La responsable de collection

Passion dans le désert

CAROL MARINELLI

Passion dans le désert

collection Azur

éditions HARLEQUIN

Collection : Azur

Cet ouvrage a été publié en langue anglaise
sous le titre :
HEART OF THE DESERT

Traduction française de
ANNE BUSNEL

83-85, boulevard Vincent-Auriol, 75646 PARIS CEDEX 13.

Service Lectrices — Tél. : 01 45 82 47 47
www.harlequin.fr

ISBN 978-2-2802-7944-4 — ISSN 0993-4448

1.

— Allons ailleurs, proposa Georgie.

Elle se doutait qu'Abby et elle se feraient refouler de ce club londonien très select. Elle aurait préféré être chez elle, au lit, mais c'était l'anniversaire de son amie. Le reste de leur petite bande s'était dissous au fil de la soirée et Abby ne voulait pas rentrer si tôt.

— Non, c'est amusant, protesta cette dernière.

A l'évidence, cela ne la dérangeait pas de faire la queue devant cet établissement où les célébrités étaient admises lcs unes après les autres, tandis que toutes deux poireautaient derrière le cordon rouge, au milieu d'une foule d'anonymes.

Soudain, Abby désigna une jet-setteuse connue, qui venait de sortir d'une limousine.

— Regarde un peu cette robe ! Je vais prendre des photos.

Abby sortit son téléphone portable, les paparazzi brandirent leurs appareils ; la jeune beauté prit la pose, bientôt rejointe par un acteur sur le retour. Georgie, qui ne portait qu'une petite robe à bretelles et des sandales, réprima un frisson. Le fond de l'air était frais et cette attente commençait vraiment à la lasser.

Tandis que son amie rangeait son téléphone dans son sac à main, elle nota que le physionomiste les fixait. Il se dirigea alors vers elles. Allait-il leur dire une fois pour toutes qu'il ne fallait pas espérer entrer ce soir ? Ou bien… Machinalement, elle porta une main à ses cheveux blonds.

Avait-il quelque chose à leur reprocher ? Etait-il interdit aux clients de prendre des photos ?

L'homme décrocha le cordon à leur hauteur.

— Venez, mesdemoiselles. Je vous présente mes excuses, je ne m'étais pas rendu compte que vous attendiez.

Georgie échangea un regard interloqué avec son amie qui lui donna un coup de coude dans les côtes.

— Avance ! lui chuchota-t-elle d'une voix impérieuse.

A présent, tout le monde les regardait. Les gens se demandaient qui étaient ces personnalités non identifiées. Quelques flashes crépitèrent dans la nuit, comme si les paparazzi supposaient qu'Abby et elle étaient des personnalités, puisque le physionomiste leur donnait accès à la discothèque.

— Quel anniversaire de folie ! chuchota Abby, visiblement excitée et ravie de concentrer l'attention sur elle — contrairement à Georgie.

Elles furent conduites vers une salle plongée dans la pénombre. Au milieu, des danseurs se pressaient sur la piste. Sur le pourtour, des alcôves accueillaient des tables et banquettes de forme arrondie. Le trio poursuivit son chemin jusque dans un salon plus petit, manifestement réservé aux VIP.

Georgie sentit un malaise diffus l'envahir. Et si le physionomiste n'avait pas commis d'erreur, finalement ? Or, à sa connaissance, il n'existait qu'une personne au monde susceptible de se trouver là et de les avoir invitées. Une personne devant qui toutes les portes s'ouvraient, un homme qu'elle s'efforçait d'oublier depuis des mois et qu'elle voulait à tout prix éviter…

Dès qu'Abby et elle furent installées, une bouteille de champagne se matérialisa comme par magie sur la table.

— Avec toutes nos excuses, une fois encore, mademoiselle Anderson, murmura le serveur. Compliment de son Altesse royale.

Cette fois, le doute n'était plus permis…

*
* *

Les joues en feu, ignorant la salve de questions qu'Abby lui posait, Georgie baissa la tête, de peur de voir approcher la silhouette familière. Elle savait déjà quel effet lui ferait cette vision.

En dépit des battements précipités de son cœur, elle tâcha de conserver une expression neutre. Peut-être parviendrait-elle à le saluer froidement, sans trahir d'émotion ? Mais c'était illusoire, admit-elle quand, osant enfin lever les yeux, elle ressentit un frisson lui parcourir tout le corps à la vue de son magnifique visage.

— Bonsoir, Georgie.

Il avait toujours la même voix, profonde, veloutée, qui lui donnait la chair de poule. Avec ce soupçon d'accent qui persistait, malgré ses années passées en Occident. L'espace d'un instant Georgie se retrouva à Zaraq, dans ses bras.

Manifestement il s'apprêtait à partir. La blonde pendue à son bras la fusillait d'un regard qui signifiait sans équivoque : « chasse gardée ! »

— Bonsoir, Ibrahim. Comment vas-tu ?

— Très bien.

Effectivement, il avait l'air en pleine forme, en dépit de ce que racontaient les tabloïds et des excès que supposait son mode de vie. Il était plus grand que dans son souvenir — ou avait-il juste minci ? Ses cheveux de jais semblaient légèrement plus longs ; ses prunelles d'onyx flamboyaient. Comme ce soir-là, à la fois si proche et si lointain, elle se retrouva captive de leur éclat. Abby émit un râclement de gorge à côté d'elle, mais Georgie ne pouvait détourner son regard du visage d'Ibrahim.

Il avait une bouche pareille à nulle autre, sensuelle, renflée, en contraste total avec ses traits durs, comme ciselés dans la pierre. Georgie savait que son sourire révélait des dents très blanches et régulières. Mais ce soir, il n'y aurait pas de sourire.

En cet instant, alors qu'il se tenait devant elle, une autre femme à son bras, à échanger des banalités pénibles, elle n'avait qu'une pensée en tête même après tout ce temps : l'embrasser.

— Et toi, comment vas-tu ? s'enquit-il avec politesse. Ton institut marche bien, j'espère. Tu as beaucoup de clients ?

Ainsi, il se rappelait les détails de leur conversation, durant laquelle elle avait mentionné sa pratique du reiki et son petit commerce d'huiles essentielles.

— Oui, tout va bien.

— Tu as vu ta nièce dernièrement ?

Il s'exprimait d'un ton guindé. Où était le vrai Ibrahim, qui l'aurait prise par la main pour l'entraîner hors de ce lieu, dans sa voiture, dans son lit, dans une ruelle voisine, n'importe où pourvu qu'ils soient seuls ?

Elle secoua la tête.

— Non, je ne suis pas retournée là-bas depuis…

Georgie s'interrompit. Dans sa vie, il y avait un avant et un après ce baiser qui avait tout changé. Et leur violente dispute.

— … depuis le mariage, acheva-t-elle.

— J'étais à Zaraq le mois dernier. Azizah va très bien. Et elle aura bientôt un petit frère.

— Felicity et Karim ont fait un passage éclair à Londres juste après la naissance de la petite, pour la présenter à la famille. Ce n'était qu'un nourrisson : elle a dû bien changer, j'imagine.

La blonde qui accompagnait Ibrahim étouffa ostensiblement un bâillement d'ennui. Georgie le remercia de les avoir fait entrer dans la discothèque, Abby et elle, et de leur avoir offert cette bouteille de champagne. En réponse, il leur souhaita une bonne fin de soirée. Puis il y eut un temps de flottement. La politesse aurait voulu qu'ils s'embrassent sur la joue avant de se séparer. Tous deux eurent un imperceptible mouvement, avant de se figer par consentement tacite. Même dans cette atmosphère saturée de parfums capiteux, Georgie avait instinctivement reconnu cette fragrance subtile, véritable élixir aphrodisiaque capable de lui faire perdre la tête.

Elle le regarda s'éloigner sous l'œil curieux des autres clients, qui l'observaient maintenant avec perplexité, se demandant probablement qui était cette inconnue avec laquelle venait de s'entretenir le prince Ibrahim de Zaraq.

Soudain, sur le pas de la porte, elle le vit s'arrêter, dégager son bras de l'étreinte de sa compagne et revenir sur ses pas. Georgie resta immobile, comme hypnotisée. Il n'aurait pas fallu grand-chose pour qu'elle se lève d'un bond et coure à sa rencontre…

Parvenu devant elle, il s'inclina et chuchota à son oreille :

— Je te demande pardon. Je n'aurais pas dû dire ce que je t'ai dit ce soir-là. Tu n'es pas une…

Sa voix rauque s'éteignit. Il n'avait pas besoin d'en dire plus : le mot résonnait dans la tête de Georgie depuis des mois.

— Je te présente mes excuses, ajouta-t-il.

— Moi aussi, je regrette, lâcha-t-elle, juste avant qu'il ne tourne de nouveau les talons.

C'était un euphémisme. Les regrets la taraudaient chaque jour, chaque heure.

— Mais… qui est-ce ? demanda Abby, éberluée.

Plutôt que de répondre, Georgie but une gorgée de champagne. Son regard restait aimanté au dos d'Ibrahim jusqu'à ce qu'il disparaisse hors de son champ de vision.

— Georgie, explique-moi ! s'impatienta son amie.

— Tu connais ma sœur Felicity, qui habite au royaume de Zaraq ? Eh bien, c'était son beau-frère, Ibrahim.

— Il est prince ?

— Oui, tout autant que Karim.

— Tu ne m'avais pas dit qu'il était si… si…

Abby ne termina pas sa phrase, mais Georgie savait parfaitement ce qu'elle voulait dire.

Sa sœur Felicity était partie à Zaraq pour travailler ; elle avait fini par y épouser un prince. Georgie en parlait toujours comme d'une chose anecdotique, sans s'attarder sur le sujet, comme si Zaraq n'était qu'un point minuscule sur la carte. Elle n'avait décrit à personne la beauté inouïe de ce pays, du désert infini qu'elle avait survolé, des souks multicolores, des traditions millénaires qui contrastaient avec la capitale ultramoderne, hérissée d'immeubles de verre et acier abritant des palaces, des complexes touristiques d'un luxe incroyable et des boutiques des plus grands noms de la mode.

Surtout, elle n'avait pas soufflé mot de ce qu'elle avait vécu avec Ibrahim, même à ses plus proches amis.

— Que s'est-il passé durant ton séjour là-bas ? insista Abby.

— Que veux-tu dire ?

— Tu étais différente à ton retour, je m'en souviens très bien. Et tu n'as pas été très loquace.

— C'était un mariage comme tant d'autres.

— Voyons Georgie ! Ce type est à tomber par terre ! Et je ne l'ai même pas vu sur les photos que tu as prises là-bas.

— Il ne s'est rien passé, trancha-t-elle.

Car même si elle y pensait chaque jour, elle ne tenait pas à partager ces moments avec quiconque. Soudain, un flot de souvenirs la submergea.

— Chez nous, à Londres, il y a une vieille plaisanterie qui circule : si l'on est trois fois demoiselle d'honneur, on ne se mariera jamais !

Georgie retint un soupir las, agacée par le babil de sa mère qui paradait parmi les invités en attendant le début de la cérémonie. Heureusement, papoter n'intéressait guère les Zaraqi le jour du mariage de leur prince ; finalement sa mère renonça à leur expliquer les finesses de l'humour anglais.

Le décor était si fastueux que n'importe qui aurait pu croire qu'il s'agissait de la cérémonie officielle ; pourtant, celle-ci avait eu lieu quelques semaines plus tôt, devant un juge. A présent que le roi s'était remis d'une grave opération, on organisait enfin une grande fête traditionnelle, avant que la grossesse de Felicity ne devienne trop évidente aux yeux de tous.

« Pourvu que maman continue de se taire ! » pria Georgie en fermant les yeux.

Lorsqu'elle les rouvrit, elle tressaillit en croisant le regard pénétrant d'un homme qui se tenait parmi les membres de la famille royale. Comme les autres, il était vêtu d'un uniforme militaire qui lui donnait une incroyable prestance. Ibrahim, le frère du marié.

Georgie s'attendait à le voir détourner les yeux, gêné d'avoir ainsi été pris en flagrant délit, mais il continua de la fixer sans vergogne ; ce fut elle qui, en définitive, se troubla et rougit.

Elle n'avait pas eu voix au chapitre en ce qui concernait sa tenue, une robe en mousseline dont la teinte abricot ne la flattait pas vraiment. Son épaisse chevelure blonde avait été tressée en une longue natte qui lui retombait sur l'épaule, et son maquillage était bien trop appuyé pour une personne au teint clair. Bref, elle n'était pas vraiment à son avantage et malgré tout, elle put percevoir le regard et l'intérêt que lui portait cet homme sublime, tout le temps que dura la cérémonie.

Ensuite, il y eut les discours, les formalités, l'interminable séance de photos. Lorsqu'on marqua enfin une pause, le roi et ses fils se retirèrent. Ils revinrent quelques instants plus tard, vêtus de costumes occidentaux. De la musique s'éleva, la foule se mit à taper des mains et des pieds pour accompagner le prince Karim et sa nouvelle épouse dans la salle de bal du palais. Georgie fut un instant subjuguée par les centaines de chandelles qui l'illuminaient et qui lui conféraient une atmosphère magique.

Voir sa sœur, de nature si réservée et pudique, se mettre à danser devant son époux avec une sensualité qu'elle ne lui connaissait pas, lui arracha un sourire. Les invités firent cercle autour du jeune couple et bientôt, une ronde joyeuse se forma. Mais Georgie, elle, n'osait se mêler à eux. Elle sursauta, quand une main ferme se posa sur son bras.

— Il faut rejoindre la *zeffa*, c'est la coutume, chuchota à son oreille la voix veloutée d'Ibrahim qui l'entraînait déjà au milieu des danseurs.

Elle aurait voulu protester, mais n'en fit rien. Les vibrations des instruments à percussion se propageaient dans son corps, provoquant comme des décharges électriques dans ses jambes, jusque dans ses orteils. Elle s'enhardit. Une énergie surgie de nulle part la galvanisait. On aurait dit que l'amour que partageaient les jeunes époux imprégnait la fête et étourdissait les convives.

Ibrahim ne la quittait pas. Lorsque la musique changea pour se faire plus langoureuse, elle se retrouva dans ses bras. Elle se disait bien qu'il n'accomplissait que son devoir en faisant danser la demoiselle d'honneur et pourtant, quelque chose de spécial semblait s'instaurer entre eux. Ibrahim avait une aura impressionnante. Il était fort, ouvertement dominateur, protecteur. C'était à la fois excitant et déroutant pour la Londonienne qu'elle était. Sous le feu de son regard, Georgie se laissa, au fil de la soirée, peu à peu envoûter.

Après avoir reçu les ultimes félicitations et vœux de bonheur de la foule, les jeunes mariés se retirèrent dans leurs appartements. Georgie alla demander un verre d'eau à une serveuse et se glissa sur la terrasse pour le boire dans la fraîcheur bienfaisante du soir.

— Est-ce que tout va bien ?

Encore une fois, la voix basse d'Ibrahim la fit frissonner. Elle se tourna vers lui.

— Je suis juste un peu fatiguée, admit-elle. A cause de la fête et des journées trépidantes qui ont précédé. Je ne m'étais pas rendu compte qu'un mariage princier nécessitait autant de préparatifs ! Je pensais passer plus de temps avec ma sœur. J'aurais tellement aimé qu'elle m'emmène voir le désert, par exemple…

— Elle avait bien trop à faire. Mais moi, je peux vous le montrer, le désert. Venez, suivez-moi.

Le cœur battant, Georgie lui emboîta le pas. Ils gravirent l'escalier qui menait aux étages du palais, longèrent un couloir plongé dans la pénombre et dépassèrent la porte de sa chambre. Un peu plus loin, Ibrahim poussa un battant, traversa une pièce obscure pour aller ouvrir la porte-fenêtre donnant sur le balcon.

Soudain, le désert, que le crépuscule parait de couleurs inhabituelles, étendait sa majesté devant elle.

— Voilà. Maintenant, vous l'avez vu.

Georgie se mit à rire. Karim lui avait parlé du benjamin de la fratrie, au tempérament dissident, qui détestait ce morne paysage de dunes ocre. « Il préfère l'ambiance enfumée des bars surpeuplés », avait ironisé son beau-frère.

— Vous êtes un vrai citadin, n'est-ce pas ? dit-elle d'un ton léger, avant de reporter son attention sur le panorama. On dirait un peu un océan.

— La mer était là, jadis. Et elle reviendra — c'est du moins ce qu'on dit dans les contes.

— Quels contes ?

— Les histoires qu'on nous enseigne dès l'enfance. Pour ma part, je préfère la rationalité de la science. Le désert n'est pas un lieu où je me sens bien.

— Il est pourtant fascinant. Et redoutable.

Elle laissa passer quelques secondes, avant d'avouer :

— Je m'inquiète pour Felicity.

— Votre sœur est heureuse.

Certes, Felicity nageait dans le bonheur. Elle était tombée amoureuse d'un chirurgien beau comme un dieu, avant d'apprendre qu'il était l'héritier d'un royaume du Proche-Orient. Bientôt naîtrait leur enfant. Pourtant, Georgie savait que sa sœur avait le mal du pays, et qu'elle avait parfois du mal à s'adapter aux mœurs de sa nouvelle famille.

— Elle m'a demandé de venir vivre ici, au palais, pour l'aider avec le bébé.

— Elle a pourtant les moyens de s'offrir les services d'une nounou, fit remarquer Ibrahim avec un petit rire.

— Oui, mais ce n'est pas la seule raison. Elle aimerait aussi pouvoir…

Georgie s'interrompit. Parler avec Ibrahim lui semblait si naturel ; néanmoins, certaines choses étaient moins faciles à admettre, comme par exemple que sa sœur aurait voulu pouvoir garder un œil sur elle.

— Elle aimerait vous surveiller, acheva Ibrahim à sa place.

Il avait entendu parler de Georgie Anderson et de son cortège de problèmes. Karim l'avait mis en garde : « C'est une écorchée vive. Elle a fait plusieurs fugues à l'adolescence et a été internée plusieurs fois en clinique pour soigner son anorexie ».

Mais Ibrahim avait toujours préféré juger les gens sur pièces.

— Felicity se fait du souci pour vous, c'est vrai, ajouta-t-il.

— Il n'y a aucune raison, se défendit Georgie, les joues en feu.

— Peut-être plus maintenant, mais… Vous avez été très malade, aussi est-il normal qu'elle se tracasse.

Il s'exprimait sans détours ni périphrases, de manière directe, presque brutale. L'espace d'un instant, Georgie se sentit embarrassée, mais elle comprit vite qu'il ne la jugeait pas. Il n'y avait aucun mépris, aucune réprobation dans sa voix. Et c'était rare…

— Je suis guérie maintenant, affirma-t-elle. Mais j'ai du mal à en persuader ma sœur. Vous savez, dès que vous avez un problème, les gens s'attendent à ce qu'il refasse surface. Quand on a servi cette soupe froide tout à l'heure, à la table du banquet…

— *Jalik*, la coupa Ibrahim. C'est de la soupe de concombre à la menthe. Un délice local.

— C'est sûrement délicieux… quand on a l'habitude. J'ai goûté et vraiment, ça ne passait pas. Je n'ai pas pu la finir, même pour faire plaisir à Felicity le jour de son mariage. Eh bien, j'ai vu qu'elle comptait le nombre de cuillerées, comme ma mère. Pourtant, cela n'avait rien à voir avec l'anorexie. Je n'aime pas la soupe froide, c'est tout.

— C'est votre droit.

— De même, j'ai beau être impatiente de devenir tante, je n'ai pas envie de jouer les nounous pour autant !

Pouvoir verbaliser ses angoisses soulageait Georgie, même si elle ne pouvait s'empêcher de culpabiliser.

— Vous avez peut-être d'autres ambitions, des projets personnels que vous aimeriez réaliser…

— Oui. J'ai étudié le reiki, qui est une sorte de massage thérapeutique, ainsi que l'aromathérapie. Il ne me reste que deux unités de valeur à valider à l'université ; ensuite, j'aimerais monter mon propre institut. Et puis… pousser plus loin mes études, poursuivit-elle avec un léger temps de réflexion.

Elle se livra alors en toute confiance, donnant à Ibrahim bien plus de détails qu'à quiconque auparavant. Toutefois, il s'agissait d'un sujet très personnel, puisque ces thérapies l'avaient aidée dans la période la plus noire de sa vie, alors que toutes les autres méthodes avaient échoué. La plupart des gens esquissaient un petit sourire condescendant quand on évoquait les médecines parallèles. Pas lui. Et pourtant, il avait admis être du côté du rationalisme.

Ibrahim se rendit compte qu'il aimait bavarder avec cette belle Anglaise au teint si pâle. Avec elle, il se sentait prêt à aborder des sujets intimes qu'il n'évoquait presque jamais, comme sa haine du désert.

— Le désert a pris la vie de mon frère, déclara-t-il sobrement.

Ahmed, l'aîné de la fratrie, était destiné à monter un jour sur le trône. De nature fragile et angoissée, il n'avait jamais pu se faire à l'idée d'endosser de si écrasantes responsabilités. Plutôt que de les affronter, il s'était enfoncé dans le désert, où il avait péri.

— Felicity m'a raconté, murmura Georgie. Je suis vraiment désolée. Vous avez dû beaucoup souffrir…

Ibrahim acquiesça en silence. Son chagrin restait encore si grand qu'il ne pouvait songer à en explorer les profondeurs. Il ferma les yeux ; mais le vent soufflait toujours sur le sable, et le désert qu'il honnissait était toujours là.

— Il m'a aussi pris ma mère.

— Votre mère ? s'étonna Georgie. Ne vit-elle pas à Londres ?

Il secoua la tête.

— Selon la loi du désert, elle est morte.

Son regard se perdit sur la succession de dunes peu à peu mangées par la pénombre. Cette conversation était irréelle. Il n'arrivait pas à croire qu'il était en train de prononcer ces mots qui, d'ordinaire, résonnaient seulement dans son cerveau. Perturbé, il se tourna vers sa compagne pour murmurer une excuse, prendre congé… Mais, face à son regard bleu, si sérieux, et à son sourire sincère, il perdit pied. Il fut incapable de s'éloigner ; au contraire, il poursuivit :

— Nous formions une famille et puis tout à coup, elle s'est envolée. Elle n'a jamais eu l'autorisation de revenir. Son fils se marie aujourd'hui et elle est en Angleterre.

— Ce doit être terrible pour elle.

— Pas aussi terrible que de ne pas avoir pu assister aux obsèques d'Ahmed. Pour elle, cela a été comme s'il mourait une seconde fois. Une punition atroce. C'est du moins ce qu'elle m'a confié cet après-midi au téléphone.

— Je suis… navrée.

Ibrahim prit une longue inspiration. Il aurait préféré l'entendre dire qu'elle comprenait. Il se serait alors moqué d'elle, ce qui aurait rétabli une distance entre eux. Il ne s'attendait pas à cette main qui se tendait vers son visage, lui effleurait la joue… Il eut envie de s'en saisir pour la retenir, puiser du réconfort dans ce simple geste.

Il n'en fit rien. Néanmoins, un lien invisible semblait s'être tissé entre eux. Or, Karim l'avait prévenu : cette femme était synonyme d'ennuis.

— Vous devriez partir, dit-il subitement.

Georgie plissa les yeux puis, après une seconde d'indécision, tourna les talons. Sa paume la brûlait après leur bref contact. Elle n'osait croire qu'elle en avait pris l'initiative. Ibrahim ne pouvait savoir ce que cet élan avait d'extraordinaire pour elle qui se méfiait par principe de tous les hommes.

— Hou hou ! Georgie, tu m'écoutes ?

Georgie cilla. La voix d'Abby venait de lui faire effectuer, en un temps record, la distance séparant Zaraq de Londres.

— Heu… oui. Qu'est-ce que tu disais ?

Elle essaya de refouler ces souvenirs tristes. Après tout, c'était l'anniversaire de son amie. Elle devait au moins faire l'effort de profiter de la soirée. Et puis, il était plus drôle d'être à l'intérieur du club que dehors, dans la file d'attente.

Seulement, Abby semblait à présent presque plus intéressée par Ibrahim que par la fête. Régulièrement, elle ramenait la conversation sur lui.

— Je sais que tu dois retourner à Zaraq la semaine prochaine. Tu crois que tu le verras, là-bas ?

— C'est peu probable. Il y met les pieds le moins souvent possible et il en revient tout juste. S'il y va pour la naissance du futur roi, je serai repartie depuis belle lurette.

Georgie avala une autre gorgée de champagne.

— Retournons danser, proposa-t-elle, toujours peu désireuse de s'étendre sur le dossier Ibrahim.

Au final, Abby et elle firent la fête jusqu'à 4 heures du matin.

Même si Georgie aurait préféré rester chez elle.

Seule.

Pour se remémorer les baisers d'Ibrahim.

Penser à lui.

Jamais il ne lui serait venu à l'idée qu'il puisse s'excuser…

2.

La jeune Anglaise avait quitté le balcon, comme Ibrahim le lui avait demandé. Il était en colère. Il en voulait, absurdement, au désert, qui lui avait pris son frère.

Il devait à tout prix s'interdire de se retourner. Mais il ne put s'en empêcher. Et, en pivotant, il l'avait vue regarder par-dessus son épaule. Alors, il avait entrevu une échappatoire familière à ses tourments.

Il ne devait pas s'approcher d'elle. Or, au lieu de rejoindre ses appartements, décrocher son téléphone et réclamer les plaisirs salvateurs qui lui procureraient l'oubli — prodigués par les seules femmes qu'il était autorisé à fréquenter, lui avait rappelé son père —, il obéit à une pulsion étrange, incongrue.

D'ailleurs, depuis quand se pliait-il aux règles ? Ce soir, le sable du désert lui piquait les yeux et l'ombre dévorait son âme. Il sentait encore la caresse des doigts frais de Georgie Anderson sur sa joue.

Elle s'était immobilisée.

Il marcha vers elle.

Le sentant approcher derrière elle, Georgie se tourna totalement vers lui et retint sa respiration. Elle aurait pu partir. Rien ne l'en empêchait. Sa chambre était toute proche. Mais elle décida de rester, d'affronter sa terreur et la beauté de cet homme. Elle dut même se retenir de courir vers lui. Cela n'avait rien de logique. Seule la folie pouvait expliquer son comportement. Ou l'électricité qui crépitait dans l'air, un courant magnétique les reliant et contre lequel il était vain de lutter.

Lorsqu'il l'enlaça, elle était prête. Elle accepta son baiser, lèvres entrouvertes.

Il ne sentait ni la fumée ni le whisky : il avait un goût légèrement épicé.

Auparavant, elle n'avait jamais pris plaisir à embrasser. Pas plus qu'à faire l'amour. Mais cette fois, c'était différent. La bouche d'Ibrahim était douce, fondante ; sa langue jouait avec la sienne et allumait un feu en elle. Ses mains devaient être aussi habiles que ses lèvres, car sa natte s'était miraculeusement dénouée. Elle s'en rendit compte quand ses cheveux croulèrent sur ses épaules. Il les caressa, comme pour s'assurer qu'ils étaient bien aussi longs, aussi soyeux qu'il les avait imaginés.

Elle aurait voulu que ce baiser ne s'arrête jamais.

A son tour, elle enfouit ses doigts dans les épais cheveux sombres, au moment où Ibrahim la prenait par la taille pour plaquer ses hanches contre les siennes, avec une vigueur qui ne lui laissa aucun doute sur son désir. Georgie se retrouva délicieusement captive entre le mur et l'érection impressionnante plaquée contre son ventre. Elle entrevit toutes les promesses de ce corps athlétique et mince, les jouissances infinies qu'ils pourraient partager s'ils empruntaient cette route…

Ibrahim prit les commandes.

— Viens, fit-il en lui attrapant une main.

Il allait l'emmener dans son lit, lui faire l'amour. Cette fois, Georgie n'avait pas peur. La passion la grisait, elle se sentait en sécurité.

— Ma chambre est à deux pas, murmura-t-elle.

Ibrahim hésita. Il brûlait d'un désir incandescent et était tout aussi impatient qu'elle. Sa chambre était plus éloignée, mais là-bas il avait tout ce qu'il fallait pour un rapport protégé.

— Il nous faut des…

— J'en ai, coupa-t-elle.

Georgie avait pesté lorsque, à l'aéroport d'Heathrow, le distributeur automatique lui avait fourni une boîte de préservatifs au lieu du tube de dentifrice demandé. A présent, elle s'en félicitait.

Ibrahim tiqua. Dans son esprit, deux mondes venaient de s'entrechoquer violemment. S'ils avaient été à Londres, il n'aurait pas été offusqué. Il aurait même vu dans la prévoyance de Georgie une preuve de sagesse, le signe qu'elle avait le sens des responsabilités. Mais ici, à Zaraq…

Inconsciente de son dilemme, elle l'entraînait déjà. Il se laissa faire. Qu'importait, après tout : il n'avait jamais obéi à la loi du désert.

Dès que la porte de la chambre se fut refermée sur eux, il reprit les lèvres de la jeune femme dans un baiser affamé. Même si quelque chose en lui s'était cassé…

Georgie luttait contre les scrupules qui l'assaillaient. Les yeux clos, elle s'efforça de faire le vide dans son esprit, de sombrer dans cet océan de sensations délicieuses, de ne plus penser qu'aux lèvres gourmandes d'Ibrahim, à la caresse audacieuse de sa langue veloutée.

Ils basculèrent sur le lit et Ibrahim tira sur l'épaulette de l'affreuse robe abricot pour dénuder sa poitrine. Puis il la retroussa sur ses jambes. Georgie ne put s'empêcher d'arquer le bassin à sa rencontre. L'urgence de son désir était impossible à contenir. Son corps réagissait comme s'il avait attendu toutes ces années pour s'unir à cet homme. Saisissant sa veste, elle la fit glisser, sans cesser de l'embrasser. Il s'en débarrassa rapidement et elle parcourut de ses mains fébriles le dos musclé. Leurs jambes s'emmêlaient ; les talons de ses escarpins menaçaient de déchirer le pantalon d'Ibrahim. Elle aurait voulu voir leurs vêtements disparaître comme par miracle pour se retrouver plus vite peau contre peau.

Mais non, décidément, elle n'arrivait pas à oublier. Ses

principes reprenaient le dessus. Alors qu'elle s'agenouillait sur le lit pour ôter sa robe, au moment où Ibrahim s'inclinait entre ses cuisses, elle proféra soudain :

— Non ! Il ne faut pas…

Ibrahim s'embrasa devant ce brusque accès de timidité, aussi feint soit-il. Il saisit Georgie aux hanches et fit glisser sa culotte le long de ses jambes. Elle lui agrippa les mains pour l'en empêcher.

— Non, Ibrahim…

Il comprit tout à coup qu'il ne s'agissait pas d'un jeu érotique. Une bouffée de colère l'envahit. Il était dur comme le roc, sa veste chiffonnée gisait sur le sol, la peau de son dos le brûlait là où la fougueuse Anglaise l'avait griffé. Pourtant, il s'obligea à se redresser.

— Je… je suis désolée, balbutia Georgie. Je… je ne peux pas. Je ne suis pas…

— Tu n'es pas une fille facile, c'est ce que tu vas me dire maintenant ? Après m'avoir sauté dessus sur le balcon ?

— Je n'ai pas…

— A moins que tu ne prétendes être vierge. Une vierge avec des préservatifs dans sa valise !

— Non, je ne le suis pas.

Et elle n'allait sûrement pas s'abaisser à lui expliquer ce qui s'était passé à l'aéroport, avec ce fichu distributeur.

— Je ne voulais pas… te mener en bateau, ajouta-t-elle. Je ne suis pas une allumeuse.

— Ah non ? C'est pourtant bien imité !

Ibrahim avait perdu son érection. Il était furieux, surtout contre lui-même. Karim ne l'avait-il pas prévenu qu'il fallait se méfier de cette fille ?

— A quoi joues-tu, Georgie ? demanda-t-il d'une voix sourde, avant qu'une idée lui frappe l'esprit. Tu es jalouse de ta sœur, c'est ça ? Toi aussi tu veux un mari riche ? Alors un conseil pour l'avenir : ce n'est pas du tout comme cela qu'il faut s'y prendre !

Des émotions multiples envahissaient Georgie : l'indignation, la honte, la colère. Un mélange explosif, qui la poussa à répliquer par l'ironie :

— Parce que tu vas prétendre que tu m'aurais épousée demain matin si j'avais passé la nuit avec toi ?

Elle avait joué avec le feu. Ibrahim n'était qu'un play-boy, un enfant gâté qui boudait parce qu'on lui refusait son jouet.

Pourtant, alors qu'ils se défiaient du regard, Georgie perçut nettement qu'un regret subsistait entre eux, l'aperçu de ce qui aurait pu advenir, les contours d'un futur avorté qui s'était volatilisé dans le néant.

— Je ne te toucherais pas même si tu me suppliais à genoux ! lança Ibrahim. Tu n'es qu'une…

Il prononça le mot en arabe, mais Georgie n'avait pas besoin de traduction pour saisir l'insulte.

L'instant d'après, il quittait la chambre. La porte claqua dans le silence de la nuit.

Georgie se recroquevilla sur le lit. Comment aurait-elle pu lui expliquer le léger détail qui l'avait empêchée de se donner à lui ?

Elle ne cherchait pas un mari.

Elle en avait déjà un.

3.

Ça ne passait pas…

Ibrahim chevauchait à bride abattue sur les chemins, à travers champs, sautait les haies du bocage anglais, mais rien n'y faisait. Sa respiration saccadée formait de petits nuages de vapeur blanche dans l'air froid du matin. En dépit de l'espace, des kilomètres s'étendant alentour et lui permettant de s'adonner à sa passion du cheval, il n'arrivait pas à se défaire d'un sentiment de claustrophobie qui l'oppressait depuis plusieurs jours.

Londres l'avait libéré. Il s'y était réfugié après avoir fui son pays. Et pourtant, alors qu'il tirait sur les rênes pour mettre sa monture au pas et se penchait pour flatter l'encolure fumante, il n'avait qu'une envie : repartir au triple galop, fuir plus loin encore, plus vite, sans suivre aucune piste tracée.

Ici, dans cette campagne verdoyante, par le matin glacé, il ressentait l'appel du désert — exactement comme son père l'avait prédit.

Un instant, il cessa de lutter et s'abandonna à cet attrait, ce *besoin*. Il mit pied à terre et se dirigea vers les écuries.

— Tu adorerais franchir les dunes les unes après les autres, dit-il en arabe à son étalon. Là-bas, tu trouverais enfin la paix. Seul le désert t'apporterait la sérénité.

L'animal était farouche et rétif ; il décochait de violentes ruades contre les parois de son box et mordait tout étranger assez inconscient pour l'approcher.

Ibrahim eut la vision fugace de ces dunes éternelles et

mouvantes. Il crut même sentir le sable lui gifler les joues, la chaleur de l'écharpe autour de sa tête et la puissance de sa monture entre ses cuisses, prête à bondir vers un horizon sans limites…

Pourtant sa vie était à Londres. Une vie qu'il avait orchestrée selon ses propres règles, près d'une mère qui n'avait plus le droit de remettre le pied à Zaraq, après avoir jadis enfreint la loi du désert.

— Je m'en charge, Ibrahim, lui dit la fille d'écurie en tendant la main vers les rênes.

Il les lui confia sans hésiter. Dans le regard souriant de la jeune femme, il lut une invite à peine dissimulée. Cela l'aurait peut-être aidé à soulager la brûlure qui rongeait son corps. Une solution plaisante. Mais qui ne fonctionnerait pas plus aujourd'hui que l'autre soir, quand il avait quitté le night-club pour raccompagner Deborah. Qui n'avait pas masqué son dépit lorsqu'il l'avait abandonnée au bas de son immeuble.

Cette fille-ci avait beau être brune comme la nuit, son corps mince et sa natte épaisse lui auraient trop rappelé Georgie.

Georgie…

Pour ne pas être de nouveau hanté par son souvenir, il se concentra sur le désert. Mais à peine avait-il traversé la cour à longues enjambées nerveuses que ses pensées dérivaient de nouveau. Il lui tardait de rentrer à Londres. Dès lundi, il téléphonerait à Georgie. Il n'aimait pas les affaires en suspens. Il ne supportait pas qu'on lui dise non. Et la revoir dans cette discothèque avait ravivé la flamme de son désir.

D'un autre côté, la dernière chose qu'il voulait était se retrouver en conflit avec sa famille.

Son royal père n'avait pas formulé d'objection lorsque Ibrahim avait manifesté son intention de partir faire des études d'ingénieur à l'étranger. Il était sûr alors que son fils reviendrait en temps voulu.

— Bien sûr que je reviendrai, avait fanfaronné Ibrahim. Pour vous rendre visite !

— Tu reviendras en tant que prince de ce pays, riche des connaissances acquises, qui te seront utiles pour mieux le servir, avait rétorqué son père.

— Non, s'était-il entêté. J'assisterai aux cérémonies officielles et, bien entendu, je viendrai voir ma famille. Mais ma vie est à Londres.

Le roi s'était contenté de sourire.

— Ibrahim, tu vas devenir ingénieur. Souviens-toi des grands projets que tu bâtissais, enfant. Bientôt tu pourras les réaliser pour ton peuple.

— Je n'étais qu'un gamin !

— Et aujourd'hui, te voilà un homme capable de concrétiser ses rêves. Quand le temps sera venu, tu reviendras là où est ta place. C'est dans ton sang, dans tes gènes. Pour l'heure, tu ne veux peut-être pas écouter ton père ; mais l'appel du désert, lui, ne peut être ignoré.

L'appel du désert… Tout juste si Ibrahim n'avait pas éclaté de rire au nez de son père. Ces vieilles croyances lui paraissaient alors ridicules. Mais depuis qu'il avait assisté au mariage de Karim, tout avait changé. Ibrahim avait compris que cet appel du désert, il n'avait pas voulu l'entendre. Des années durant, il avait fermé ses oreilles et son cœur.

Le dimanche soir, il quitta sa maison de campagne au volant de sa voiture de sport pour rouler vers Londres. Bien décidé à reprendre contact avec une certaine Mlle Anderson.

4.

Le cœur léger, Georgie défit sa queue-de-cheval et entreprit de peigner ses longs cheveux blonds. Alors qu'elle appliquait un peu de baume hydratant sur ses lèvres, elle ne put s'empêcher de sourire. La perspective du long vol à venir n'arrivait pas à amoindrir son euphorie : elle avait reçu, au courrier du matin, les papiers qui officialisaient son divorce.

Enfin ! Le monde avait désormais de plus belles couleurs.

La plupart des gens ne se seraient pas réjouis d'un tel événement. Mais Georgie avait su tirer la leçon de ce mariage raté, qui n'avait duré en réalité que quelques semaines. Une erreur de jeunesse. Hélas, les formalités judiciaires s'étaient éternisées.

Désormais, elle était libre. Vraiment libre. Car même si son ex-mari ne s'était pas gêné pour reprendre depuis longtemps une vie de patachon, elle-même avait eu des scrupules tant que le lien matrimonial, qui les unissait, n'était pas rompu aux yeux de la loi. Voilà pourquoi elle s'était refusée à Ibrahim quelques mois plus tôt.

Au souvenir de son regard chargé de mépris, elle ferma les yeux. Non, elle ne devait pas songer à son anorexie, à la violence de son père, à un mariage qui lui était apparu comme une solution miracle : elle avait choisi d'emprunter cette voie, elle assumerait... Il aurait été si facile de regarder en arrière le cœur plein de regrets, en se fustigeant pour sa bêtise, de culpabiliser, de s'enfermer dans l'amertume. Pourtant elle avait tiré des enseignements de son passé difficile. Elle avait mûri, était devenue plus forte, avait pris confiance en elle. Aujourd'hui elle se connaissait bien mieux, parce qu'elle avait décidé de positiver ces expériences douloureuses. Le chemin n'avait pas été facile, mais elle était certaine d'avoir pris le bon.

Durant les années noires, Felicity l'avait toujours soutenue. Georgie lui en serait éternellement reconnaissante. Néanmoins, elle n'avait jamais osé lui parler de son mariage avec Mike. Cette fois, elle trouverait le courage, se promit-elle. Pour mieux tirer un trait sur le passé et se tourner vers l'avenir.

Les excuses d'Ibrahim l'avaient aidée également. Bien que troublée par leurs brèves retrouvailles londoniennes, elle avait voulu y voir là le signe que ce chapitre était clos, et qu'il était temps d'avancer.

Grâce au billet d'avion envoyé par sa sœur, qui lui permettrait de voler sur une petite compagnie affrétant de luxueux jets pour clients privilégiés, elle échappa aux interminables files d'attente à l'aéroport. Un peu mal à l'aise au début, elle s'installa dans le salon de première classe de l'appareil. Aidée par une coupe de champagne, elle ne tarda pas à se détendre et consulta ses e-mails.

Comme le décollage tardait, on lui apporta quelques douceurs, dont elle se régala. Un sourire lui échappa comme elle mesurait le travail accompli : il n'était plus question de négocier des calories contre des heures de jogging sur tapis roulant, de compenser un plaisir par une punition auto-infligée ! Non, il n'y avait plus que le goût délicieux du macaron à la pistache lui fondant sur la langue. Les jours sombres étaient finis. Les longues heures d'introspection, de repli sur soi, l'angoisse, la peur de la rechute, tout cela était derrière elle maintenant.

N'ayant jamais été très à l'aise en avion, elle s'autorisa juste à déposer quelques gouttes d'huile essentielle de mélisse sur le bout de ses doigts pour se masser les tempes. L'hôtesse lui proposa une autre coupe de champagne, qu'elle déclina.

— Nous sommes désolés pour le léger retard, mais nous attendons un passager qui n'était pas prévu à l'origine, lui expliqua l'hôtesse avec un sourire affable. Il ne devrait pas tarder à arriver… Oh ! Je crois que le voici.

Elle se redressa et sourit à l'homme qui venait de pénétrer dans la carlingue.

— Bienvenue à bord, Altesse.

Georgie tressaillit et suivit la direction de son regard. Elle se figea. Non, impossible !

Ibrahim.

Il portait un jodhpur souillé de boue et une veste de cavalier noire. On avait l'impression que sa personne irradiait une énergie à peine contrôlée, qui le laissait tendu comme la corde d'un arc. Il ne répondit pas au salut de l'hôtesse, ne tourna même pas la tête en direction de Georgie et remonta l'allée d'un pas si déterminé qu'on aurait pu croire qu'il se préparait à prendre lui-même les commandes de l'appareil. Finalement, il disparut derrière une porte — sans doute celle d'un salon privé, supputa Georgie.

Quelques instants plus tard, un steward franchit cette même porte, avec un plateau sur lequel reposait une bouteille de whisky.

Georgie sortit enfin de sa léthargie. Pour un peu, elle aurait attrapé son sac et demandé qu'on stoppe l'avion pour la laisser descendre ! Mais celui-ci était déjà en train de se positionner en bout de piste. Il était trop tard. D'ailleurs, Felicity ne lui pardonnerait pas de lui faire faux bond.

Très perturbée, elle demeura perdue dans ses pensées chaotiques, tressaillant au moindre bruit. Elle s'aperçut que le dîner avait été servi seulement quand l'hôtesse vint lui demander si elle pouvait débarrasser son assiette, intacte. Georgie se contenta de hocher distraitement la tête.

La perspective de se retrouver au palais royal en même temps qu'Ibrahim l'emplissait d'appréhension.

Elle s'était pourtant assurée qu'il serait absent, en allant jusqu'à poser directement la question à sa sœur — d'un ton qu'elle avait voulu détaché. Et lorsqu'elle l'avait croisé en discothèque, il n'avait pas fait allusion à un prochain séjour.

Mais elle non plus.

Y avait-il eu une urgence ? Son père, le roi, avait été récemment malade. Peut-être avait-il eu une rechute ? Sinon, pourquoi Ibrahim aurait-il embarqué dans une telle précipitation, sans même prendre le temps de se changer ?

A moins qu'il ne s'agisse d'un caprice de riche ? Qui prenait l'avion avec des bottes d'équitation ?

Une hôtesse sortit du salon privé au moment où elle se rendait aux toilettes. Avant que la porte se referme, elle eut le temps d'entrevoir Ibrahim étendu sur un canapé. Il avait ôté ses bottes, mais était toujours dans la même tenue. Une barbe naissante ombrait ses joues. Il dormait.

La porte se referma presque aussitôt. Cette vision fugace demeura pourtant gravée dans l'esprit de Georgie, qui en garda l'impression d'une tension persistante ; même dans le sommeil, les traits d'Ibrahim demeuraient crispés, sa bouche pincée.

Quelles pensées terribles se bousculaient ainsi dans son esprit ?

Elle retourna à sa place, enfila une nuisette confortable et mit son fauteuil en position couchette. Hélas, elle se rendit vite compte que la proximité d'Ibrahim l'empêcherait de fermer l'œil.

— Désirez-vous quelque chose ?

L'hôtesse lui posa cette question à plusieurs reprises durant le reste du voyage. Chaque fois, Georgie dut ravaler la réponse qu'elle aurait aimé formuler : « Oui, emmenez-moi auprès d'Ibrahim ». Au lieu de cela, elle secouait la tête et se replongeait dans ses réflexions, se demandant ce qu'elle allait dire et faire lorsqu'ils se retrouveraient face à face, après l'atterrissage.

*
* *

L'appareil fit escale à Abu Dhabi. Georgie en profita pour se dégourdir les jambes quelques instants. Ibrahim, en revanche, ne quitta pas son refuge.

Elle se divertit ensuite en regardant le personnel navigant monter à bord avec des sacs arborant les logos des grands noms du luxe. Une hôtesse apparut même avec un gros ours en peluche rose dans les bras.

Quand ils décolèrent, elle réussit enfin à s'endormir, sans connaître de répit pour autant : Ibrahim hantait encore ses rêves.

Ce fut l'hôtesse qui la réveilla :

— Mademoiselle Anderson, nous allons bientôt atterrir. Voulez-vous prendre le petit déjeuner ?

Encore ensommeillée, Georgie acquiesça, non sans éprouver une pointe de culpabilité en s'entendant appeler « mademoiselle ». Elle avait gardé son nom de jeune fille mais à Londres, elle se faisait appeler « madame ». Bien sûr, Felicity n'en savait rien et avait fait établir un billet au nom de « mademoiselle Anderson ».

Elle reporta son attention sur le hublot et le ciel d'un bleu idéal. Comme l'avion virait sur la droite, elle eut un premier aperçu de Zaraq : les vagues blondes du désert laissaient place à des villages aux maisons ocre, aux édifices surmontés de coupoles étincelantes. L'avion suivit la côte un moment et, alors que la luminosité augmentait, les lumières intérieures s'estompèrent dans l'appareil.

Ce ne fut pas la silhouette blanche et majestueuse du palais royal qui attira son attention en premier, mais les gratte-ciel aux façades miroitantes de la capitale, Zaraqa. Certains étaient reliés par des passerelles de verre et d'acier suspendues dans les airs et donnant une sensation d'irréalité. On apercevait aussi des piscines en plein air sur les terrasses.

Georgie se focalisa sur ce spectacle pour ne pas penser à Ibrahim ; elle se refusait à anticiper sa réaction lorsqu'il émergerait de l'alcôve, d'ici quelques minutes.

Or, à sa grande surprise, Ibrahim demeura invisible une fois l'atterrissage effectué.

L'espace d'un instant, Georgie se demanda si elle n'avait pas rêvé !

Sa sœur l'accueillit à sa descente d'avion. Felicity paraissait en pleine forme, superbe dans un tailleur en lin crème. Elle avait laissé pousser ses cheveux et respirait le bonheur. Mais Georgie fut surtout fascinée par sa jeune nièce, Azizah, qui n'avait que quelques mois. Ses yeux s'assombrissaient déjà et promettaient d'être aussi bruns que ceux de son père. En revanche, elle avait la chevelure dorée de sa mère. Elle avait bien changé depuis que Georgie avait fait sa connaissance, seulement deux semaines après sa naissance, lors du bref séjour que Felicity et Karim avaient effectué à Londres. Azizah était désormais une petite personne à part entière, avec un tempérament bien affiché. Georgie tomba instantanément sous le charme. Elle la prit dans ses bras et la couvrit de baisers.

— Elle est adorable ! s'exclama-t-elle. Où est Karim ?

— Nous avons reçu un coup de fil de l'avion, il y a quelques heures. Apparemment, son frère a pris le même vol que toi. Karim est parti à sa rencontre.

— Oui, je pensais bien avoir reconnu Ibrahim, admit Georgie. Lui ne m'a pas vue. Est-ce que tout va bien, à Zaraq ?

— Oui, pourquoi cette question ?

— J'ai pensé qu'il y avait peut-être une situation de crise quelconque en apercevant Ibrahim sauter dans l'avion au débotté. Ton beau-frère m'a semblé…

Elle laissa sa phrase en suspens. Autant ne pas alarmer inutilement sa sœur, après tout. Felicity jugerait bientôt par elle-même et se forgerait sa propre opinion.

— Karim va devoir s'en aller très vite, dès que nous serons de retour au palais, expliqua celle-ci. Il y a un problème d'épidémie chez les Bédouins. Tu sais qu'il s'occupe beaucoup de cette partie de la population.

— Il finance toujours ces unités médicales mobiles dont tu me parlais ?

— Chut ! Je te demande d'être discrète sur le sujet, car personne ne sait quel est l'investissement personnel de Karim auprès des peuplades locales ; pas même le roi. Nous en discuterons plus tard. Je voulais juste que tu ne t'étonnes pas de son brusque départ tout à l'heure. Il ne faudrait pas que tu t'imagines que ta venue le fait fuir ! conclut Felicity en souriant.

Georgie lui rendit son sourire, le cœur battant. Si elle savait…

— Ah, les voilà !

Karim et Ibrahim venaient en effet de faire leur entrée dans la salle d'attente où elles patientaient. Georgie se félicita aussitôt de n'avoir pas exprimé ses inquiétudes devant sa sœur. Elle serait passée pour une menteuse, car Ibrahim avait l'air tout à fait détendu à présent, rasé de près, vêtu d'un pantalon en lin clair et d'une veste impeccable. Il tenait l'ours en peluche rose que Georgie avait aperçu un peu plus tôt dans les bras de l'hôtesse.

En la voyant, il se raidit de manière notable.

— Merci Ibrahim, dit Felicity en le débarrassant de l'ours. Il est un peu gros pour l'instant mais d'ici quelque temps, Azizah sera ravie !

— Bonjour, Georgie ! lança Karim en l'embrassant sur la joue. Tu te souviens d'Ibrahim, n'est-ce pas ?

— Oui, bien sûr.

Elle dessina sur ses lèvres un sourire poli, qu'Ibrahim ne lui rendit pas tout de suite. Il portait des lunettes de soleil très chic, style aviateur, si bien qu'elle ne pouvait déchiffrer son regard.

— Je ne savais pas que tu étais là, dit-il enfin avec un sourire contraint. C'est gentil de venir m'accueillir à l'aéroport, mais…

— A dire vrai nous sommes aussi ici pour accueillir Georgie, coupa Felicity. Vous avez pris le même avion.

Cette fois, Georgie le vit distinctement pâlir sous son

hâle. Malgré les verres sombres, elle était certaine qu'une lueur de contrariété avait traversé son regard.

— Vraiment ? Et tu n'es pas venue me dire bonjour ? lui demanda-t-il.

— Je n'étais pas sûre de t'avoir reconnu. Tu es passé si vite… Et tu t'es tout de suite enfermé dans le salon privé. Désolée, je ne voulais pas être impolie.

— Ne t'excuse pas, tu es toute pardonnée.

Il eut un sourire un peu plus spontané cette fois.

— Qu'attendons-nous ? demanda Felicity en regardant son époux.

— Les bagages de Georgie ont été récupérés, mais ceux d'Ibrahim se font attendre.

Ibrahim murmura quelques mots en arabe. Felicity, qui avait dû se familiariser avec la langue de sa belle-famille, s'étonna dans un froncement de sourcils :

— Tu n'as pas de valise ?

— Juste un petit baluchon.

Il montra un bagage à main, que Georgie ne se souvenait pas lui avoir vu lorsqu'il était monté à bord, elle en aurait mis sa main au feu.

Le trajet en voiture fut de courte durée. L'ambiance était sympathique et décontractée ; toutefois Georgie nota que sa sœur et elle étaient les seules à alimenter la conversation.

Une fois au palais, Ibrahim alla saluer les membres de sa famille, puis disparut sous un prétexte qui sonna faux aux oreilles de tout le monde :

— Je n'ai pas pu dormir durant le vol.

Après son départ, Georgie se détendit un peu. Elle assista au repas d'Azizah, puis eut droit à un vrai câlin de la part de la petite fille.

— Elle est trop mignonne !

— Je ne sais pas si les habitants du palais seront d'accord avec toi. Elle a réveillé tout le monde à 4 heures du matin en poussant des braillements qui ont dû s'entendre à l'autre bout du désert ! plaisanta Karim.

— Et bientôt, elle ne sera plus la seule, ajouta Felicity en riant.

Une fois de plus, Georgie s'émerveilla du changement qui s'était opéré chez elle. Sa sœur, qui avait toujours été si réservée, presque guindée, avait aujourd'hui acquis une vraie légèreté. Son visage rayonnait alors qu'elle souriait à son mari.

— Quand Jamal doit-elle accoucher ? s'enquit Georgie.

— D'ici un bon mois. J'ai tellement hâte !

— Est-ce la belle-sœur qui parle ? Ou la sage-femme ?

— Les deux, avoua Felicity.

La conversation se poursuivit sur le même ton. Même si Felicity était désormais une princesse qui vivait dans un palais, très loin de Londres, elle était toujours sa grande sœur, et la personne que Georgie aimait le plus au monde.

Lorsque Karim s'éclipsa à son tour, elle le remarqua à peine tant elle était absorbée par leurs échanges.

Tard dans la nuit, longtemps après le dîner, alors que tout le monde était au lit, Georgie, installée dans un délicieux salon oriental, meublé d'ottomanes aux couleurs chatoyantes, savourait un thé, devant les portes-fenêtres ouvertes où pénétrait l'air parfumé de la nuit. Au milieu d'une multitude de coussins, sa sœur et elle discutaient encore, aussi heureuses l'une que l'autre, lui semblait-il, de rattraper le temps qu'elles n'avaient pu passer ensemble. Le *baby phone* était posé sur un guéridon et Felicity était parfaitement relaxée.

Dans ces conditions optimales, Georgie trouva le courage d'évoquer ce mariage qui avait eu lieu trois ans plus tôt, et dont sa sœur n'avait jamais eu vent.

— Tu es déçue ? demanda-t-elle d'une voix timide à la fin de son récit.

La mine grave, Felicity secoua la tête :

— Non. Enfin… je ne sais pas. Je comprends que tu

aies eu besoin de fuir loin de la maison, de changer d'air. Mais je suis triste que tu ne m'en aies pas parlé plus tôt.

— Je ne pouvais en parler à personne. Aucun de mes amis n'est au courant. Dans un premier temps, Mike m'est apparu comme quelqu'un de solide et mature. Très vite, je me suis aperçue qu'il était juste une brute, comme papa, même s'il portait de beaux costumes cravates et buvait du whisky hors d'âge et non de la bière bon marché. Au bout de quelques semaines, j'avais déjà compris mon erreur. J'ai eu de la chance…

— De la chance ? se récria Felicity dans un petit sursaut.

— De nombreuses femmes n'ont pas le cran de partir. Je m'en suis sortie très vite. Ensuite, hélas, impossible de m'entendre avec Mike pour que la procédure s'accélère. Il ne répondait ni aux lettres ni au téléphone. Il a fallu tout ce temps pour faire prononcer une séparation de corps et obtenir enfin le divorce. Mais ça y est, je suis libre !

— Tu l'étais déjà, observa Felicity. A partir du moment où tu avais quitté le domicile conjugal…

Georgie ne tenta pas de lui expliquer pourquoi ses principes l'avaient empêchée de considérer la situation sous cet angle réducteur. Tant que les papiers officiels n'étaient pas signés, il lui avait été impossible de sortir avec un homme. Et, d'une certaine façon, cette période de solitude avait été salutaire. Elle lui avait appris qu'elle pouvait tenir debout toute seule, qu'elle n'était pas obligée de courir se réfugier dans les bras d'un homme.

— Tu ne le diras pas à maman, n'est-ce pas ?

— Mon Dieu, non ! assura Felicity. Et ici non plus, je ne risque pas d'aborder le sujet. La famille de Karim aurait du mal à comprendre.

Leur conversation intime fut interrompue par le bruit d'une voiture qui se garait dans la cour, devant la porte-fenêtre. Une portière claqua et des pas précipités retentirent sur les marches du perron de pierre. L'instant d'après, une voix grave résonna dans le hall, à laquelle répondit le murmure étouffé d'une domestique.

Felicity pinça les lèvres dans une mimique excédée :

— Il ne fait jamais attention ! C'était exactement pareil lors de son dernier séjour.

Dans le *baby phone*, des pleurs ne tardèrent pas à se faire entendre. Felicity poussa un soupir et se leva pour ouvrir la porte du salon. Elle prit Ibrahim à partie, qui, d'une voix sonore, continuait de parler à la servante.

— Ibrahim, tu viens de réveiller Azizah !

— Qui te dit que c'est moi ? rétorqua-t-il en passant avec aisance de l'arabe à l'anglais. Il me semble que les bébés ont l'habitude de se réveiller en pleine nuit pour enquiquiner leur entourage.

Le sarcasme lui allait bien, tellement que Georgie dut retenir un sourire.

— Je suis désolé si c'est vraiment ma faute, reprit-il. J'oublie tout le temps qu'il y a un bébé ici.

— Et bientôt, il y en aura deux, alors tu ferais bien de t'accoutumer à cette idée.

— Inutile, je rentre à Londres dans deux jours. Je fuis ce palais qui est en train de se transformer en pouponnière !

Avec un soupir outrancier, Felicity se dirigea vers l'escalier pour rejoindre la nursery et tâcher de rendormir sa fille. Ibrahim parut enfin remarquer la présence de Georgie.

— J'ai été surpris de te trouver ici. Tu n'avais pas parlé d'un séjour à Zaraq.

— Toi non plus.

— Tu as fait un agréable voyage ?

Le ton détaché ne trompa pas Georgie. Il était inquiet à l'idée qu'elle l'ait vu à son insu. Il ne voulait sans doute pas qu'on sache que l'apparente décontraction qu'il affichait était en réalité une façade. Mais après tout c'était son droit.

— Très, opina-t-elle.

Elle ne développa pas son propos et le silence retomba. Ibrahim pénétra dans le salon, fit quelques pas, avant d'aller s'asseoir sur l'ottomane opposée. La domestique revint avec la boisson qu'il lui avait demandée. Georgie fut soulagée quand la voix de sa sœur retentit dans la cage d'escalier.

— Sœurette ! Peux-tu monter un instant s'il te plaît pour me donner un coup de main ?

Elle se leva aussitôt.

— Bonne nuit, dit-elle à Ibrahim.

Il ne répondit pas. Mais, comme elle se dirigeait vers la porte, il lui saisit le poignet au passage. Elle sursauta.

— Felicity n'a qu'à déranger une domestique. Elles sont payées pour ça. Dis à ta sœur que tu ne peux pas, que tu prends un verre avec moi.

— Mais je suis contente de l'aider ! protesta Georgie.

— A 1 heure du matin ? Tu es de garde toute la nuit alors, si je comprends bien ? ironisa-t-il.

Sous ses doigts, Ibrahim sentait palpiter la veine du poignet de Georgie. En cet instant, il aurait presque pu lui pardonner de l'avoir repoussé, autrefois. Il avait envie de la faire basculer sur ses genoux et de l'enlacer.

— Reste avec moi.

Ce n'était pas une prière, mais un défi qu'il lui lançait, Georgie en avait parfaitement conscience.

— Je suis venue passer du temps avec ma sœur et ma nièce, objecta-t-elle d'un ton ferme.

Il la lâcha. Sans rien ajouter, elle quitta la pièce et gravit l'immense escalier pour rejoindre la nursery.

— Pourquoi as-tu été si longue ? demanda Felicity en la voyant refermer doucement la porte derrière elle.

— Je discutais avec Ibrahim.

— De quoi donc ?

Il y avait aussi une note de défi dans la voix de sa sœur. Georgie refusa l'escarmouche, si infime soit-elle, et s'en tira par une pirouette :

— Peu importe. J'ai le choix entre bavarder avec un homme hyperséduisant ou regarder ma sœur allaiter. Tu crois que c'est un dilemme ?

Felicity consentit à sourire, mais reprit d'un ton sérieux :

— Surtout, ne va pas fricoter avec lui. Il ne t'apportera rien de bon. J'ai vu comment il traitait les femmes. Il les mange toutes crues avant de recracher les pépins !

— Ne t'inquiète pas, nous nous disions juste bonsoir.

— Il est si arrogant, reprit sa sœur. Il débarque sans prévenir, il ne fait pas attention aux autres… Il a l'habitude que tout le monde se plie à ses caprices. Mais ça ne va pas durer.

— Que veux-tu dire ?

— Non. J'en ai déjà trop dit…

— Oh ! je t'en prie ! Je suis ta sœur, et étant donné les confidences que je viens de te faire…

— Très bien, capitula Felicity dans un soupir.

Elle prit soin de fermer le *baby phone* avant de poursuivre :

— Le roi en a assez. D'après Karim, il compte profiter de ce séjour pour avoir une bonne discussion avec Ibrahim. Il est fatigué de le voir mener cette vie de play-boy à Londres, et va exiger qu'il rentre à Zaraq une bonne fois pour toutes. Après tout, ses études sont finies depuis longtemps.

— Comment compte-t-il s'y prendre pour le persuader ? Il va lui couper les vivres ?

— Apparemment, il a déjà essayé cette technique il y a quelques années. Ibrahim s'est alors associé avec un grand cabinet d'architectes zaraqi. C'est en partie grâce à lui qu'est sortie de terre cette forêt d'immeubles futuristes construits tout récemment. De fait, il n'a plus besoin du soutien pécuniaire de son père. Sur ce plan, il est indépendant.

— Alors s'il refuse de revenir vivre ici, comment son père va-t-il le convaincre ?

— C'est le roi. Il détient l'autorité suprême, ici. Et Ibrahim est un prince ; ses privilèges lui confèrent également des devoirs.

— Oh là là, tu commences à parler comme eux ! s'esclaffa Georgie.

Elle voulait détendre l'atmosphère, mais sa sœur demeura grave.

— Regarde tout le mal que se donne Karim pour son

peuple. En ce moment même, il est en plein désert pour tenter d'éradiquer une épidémie avec une équipe mobile composée de médecins et d'infirmières. Pendant ce temps, Ibrahim écume les bars et les casinos, comme un touriste ! Mais il est prince lui aussi, et il va bientôt devoir se comporter comme tel.

Felicity parlait déjà à mi-voix, mais elle baissa encore d'un ton pour conclure :

— Le roi va lui choisir une fiancée, que cela lui plaise ou non. Et bientôt, Ibrahim devra revenir vivre ici pour de bon.

5.

Georgie s'éveilla avant le lever du soleil, ouvrit les volets et jeta un regard sur la ville endormie, avant de retourner se blottir dans le lit.

Comme le lui avait suggéré Felicity, elle décrocha le téléphone posé sur sa table de chevet. Quelqu'un répondit avant même que la première sonnerie se soit éteinte ; elle commanda un plateau de petit déjeuner composé de café, de jus d'orange et d'une assiette de fruits frais.

Une domestique vint le lui apporter et entreprit de regonfler les oreillers par quelques tapes énergiques. Georgie se sentit un peu honteuse d'être ainsi dorlotée. Elle n'avait pas l'habitude.

Le café était trop fort, trop sucré, avec une saveur presque fumée. Elle le but lentement, puis décida d'emporter le plateau sur le balcon pour profiter du soleil qui se levait sur la mer.

Le ciel pâlissant était strié de rose pâle et de corail. L'air se réchauffait déjà. Georgie regretta de ne pas être dans le désert. Elle aurait voulu voir la lumière caresser le flanc des dunes, animer peu à peu cet océan ocre et en révéler toutes les surprises. Il était peu probable qu'elle puisse contempler cette splendeur de sitôt, tant Felicity était accaparée par sa fille et ses responsabilités.

Un jour, se promit-elle. Elle devait se montrer patiente, même si elle était irrésistiblement attirée par cette magie qu'Ibrahim fuyait. Les contes et légendes du désert la fascinaient, elle voulait se griser de ses parfums et de ses saveurs, voir autre chose que les artères modernes de la capitale zaraqie.

Soudain, elle l'aperçut. Cet homme à cheval aurait pu être n'importe lequel des princes — à cette distance elle ne pouvait discerner ses traits. Cela aurait même pu être le roi. Mais son cœur lui disait qu'il s'agissait d'Ibrahim et de nul autre.

Il n'avait pas l'air de quelqu'un qui récupère d'une nuit d'excès ; une fois encore, Georgie se demanda si Felicity ne jugeait pas un peu vite son beau-frère, à qui elle attribuait de nombreux vices. A sa façon de chevaucher, penché sur l'encolure de sa monture qui filait le long de la plage, il témoignait d'une vigueur et d'une concentration indéniables.

Il tira sur les guides et mit son cheval au pas dans les vagues qui léchaient le rivage. Un reflet du soleil dans les vitres du palais dut attirer son attention car tout à coup, il releva la tête et surprit Georgie en train de le regarder.

Il ne leva pas la main, ne lui adressa aucun signe de reconnaissance. D'un bref coup de talon, il remit son étalon au galop, laissant une trace blanche et mousseuse dans les flots. Georgie réalisa qu'il venait juste de la snober. Après l'affront qu'elle lui avait infligé le soir du mariage, il ne fallait pas s'attendre à un joyeux bonjour de sa part…

Qu'était-il venu faire à Zaraq ? Cette question la tarabusta tandis qu'elle prenait sa douche, puis s'habillait. Pourquoi ce retour impromptu ? Il était descendu d'avion tout sourire, les bras pleins de cadeaux, mais quelques heures plus tôt, elle avait vu son visage tourmenté. Et cela, personne ne le savait ; même pas lui.

— Ma tenue te paraît acceptable ? demanda-t-elle à sa sœur qui prenait son petit déjeuner dans le patio.

Elle posait souvent cette question lorsqu'elle séjournait à Zaraq. Ce jour-là, elle avait enfilé une robe trapèze en lin bleu pâle, dont la longueur lui semblait tout à fait correcte. Cependant elle ne voulait choquer personne.

— Détends-toi, sœurette ! Tu es parfaite. Il faudrait te couvrir les bras et les jambes si tu m'accompagnais lors d'une visite officielle, ce qui ne risque pas d'arriver, s'empressa d'ajouter Felicity, riant de la mine horrifiée qu'elle affichait.

Lorsque le roi fit son apparition, la mine renfrognée, Georgie ne put s'empêcher d'éprouver une pointe d'appréhension. Le souverain était un homme intimidant, d'une très grande prestance naturelle. Felicity, elle, ne parut pas le moins du monde troublée.

— Avez-vous vu Ibrahim ? demanda-t-il d'un ton rogue, avant de marmonner : Je suppose qu'il dort encore. Et où sont tous les autres ?

Georgie se garda de le détromper et de lui expliquer que son fils était parti faire de l'équitation sur la plage. Elle savait que ce n'était pas son rôle.

— Karim assiste à une réunion avec le ministre de la Santé publique, répondit Felicity avec calme. Je n'ai vu personne d'autre.

— Eh bien, si vous voyez Ibrahim, soyez gentille de le prier de venir dans mon bureau avant d'entreprendre quoi que ce soit d'autre ou de disparaître une fois de plus dans la nature.

Felicity attendit que le roi se soit éloigné pour souffler à sa sœur :

— Dans ses rêves ! Je ne vais sûrement pas me coincer entre l'arbre et l'écorce. Toi et moi, nous allons passer la matinée au spa.

L'entreprise se révéla beaucoup moins simple qu'il n'y paraissait au premier abord. Felicity n'avait encore jamais confié Azizah plusieurs heures d'affilée à Rina, la nounou. Elle passa un temps fou à lui expliquer comment réchauffer le lait, comment tenir le biberon et quel débit utiliser avec la tétine. Et dès que les deux sœurs furent montées dans la limousine, elle commença à se trémousser sur la banquette avec une extrême nervosité.

— Tout se passera bien, lui assura Georgie. Rina m'a l'air très compétente.

— Elle l'est, confirma Felicity. Il faut juste que je m'habitue à lui laisser Azizah. J'ai de nombreuses responsabilités maintenant, et puis je songe à reprendre le travail.

Georgie ouvrit de grands yeux, surprise par cette confidence.

— A mi-temps seulement, précisa Felicity. J'adore mon métier, je ne veux pas le perdre. Rina est très douce, mais Azizah s'énerve dès que je m'éloigne. Pour elle, sa nounou est une étrangère…

Georgie savait déjà ce qui se profilait. Elles avaient déjà eu cette conversation de nombreuses fois. Elle tenta d'y échapper :

— Accorde-leur un peu de temps. Elles doivent s'adapter l'une à l'autre. C'est excellent que tu prennes ta matinée pour t'occuper un peu de toi. Pendant ce temps, elles vont lier connaissance.

— Je veux qu'Azizah grandisse entourée des siens, insista pourtant sa sœur. Et moi aussi je veux être près de ma famille. Maman est en train d'y réfléchir, mais elle n'hésiterait pas une seconde si elle savait que tu t'installes ici. Alors je t'en prie, réfléchis-y, toi aussi.

Georgie soupira. Il était si tentant d'accepter… De retour à Londres, Felicity lui manquerait, et Azizah aussi, à présent. Oui, il serait facile de renoncer à son petit institut pour venir mener la belle vie au palais, comme le lui offrait sa sœur.

Trop facile.

Son aînée l'avait toujours protégée, soutenue. Si elle était partie à Zaraq, c'était en premier lieu pour travailler et gagner de quoi payer le séjour en clinique de Georgie. Comment lui refuser aujourd'hui le renvoi d'ascenseur ? Mais la proposition avait beau être tentante, elle avait besoin de faire ses preuves seule.

— Nous en reparlerons une autre fois, déclara-t-elle, au moment où les grilles du palais s'ouvraient pour livrer passage à la limousine.

Comme elle tendait le cou, Felicity demanda :

— Que regardes-tu ?

— Juste les alentours. C'est si dépaysant ici. Je n'ai pas encore eu le temps de m'acclimater.

En réalité elle cherchait la silhouette d'Ibrahim — ce qu'elle n'allait pas avouer à sa sœur…

Un peu plus tard, un ascenseur de verre, extérieur au gratte-ciel, les propulsait au quarante-deuxième étage, au grand émoi de Georgie qui avait le vertige.

— Le fruit du travail d'Ibrahim, lui apprit Felicity. C'est lui qui a conçu cette cabine futuriste.

— Rappelle-moi de lui dire que je le hais, haleta Georgie, le cœur au bord des lèvres. Et préviens-moi quand je pourrai rouvrir les yeux !

— Tu peux. Nous sommes arrivées.

Elles entrèrent dans le spa, petit paradis illuminé de bougies. Un parfum floral discret flottait dans l'air. On les conduisit dans un vestiaire deux fois plus grand que l'appartement londonien de Georgie. Celle-ci notait chaque détail, avide d'idées pour son propre institut.

— Je veux tout essayer, décréta-t-elle après avoir enfilé un peignoir douillet. Y a-t-il une sorte de carte des soins proposés ?

— J'ai déjà réservé deux soins rituels au hammam, lui expliqua Felicity. Tu n'as qu'à te laisser faire sans te poser de questions, c'est divin !

Elles longèrent d'abord un couloir plongé dans la pénombre, éclairé seulement de bougies parfumées disposées dans de petites niches. Puis elles pénétrèrent dans le hammam proprement dit, avec ses murs en tadelakt et ses ornementations de mosaïque bleue.

— Mon Dieu, il fait si chaud ! se plaignit Georgie.

— Tu vas t'habituer.

Georgie s'immergea dans un bassin, puis s'abandonna

au rituel, dispensé par des employées aux mains expertes. On la lava d'abord avec du savon noir. Ensuite, elle fut conduite dans une autre salle pour que chaque centimètre carré de peau soit exfolié. Enfin, elle retourna dans le bassin, avant de subir une épilation au caramel.

Deux heures plus tard, les deux sœurs, enveloppées dans leurs peignoirs, partageaient un thé à la menthe au son d'une musique traditionnelle zaraqie.

— Tu reviens de loin ! murmura Felicity, un sourire aux lèvres.

— Je sais.

Georgie ferma les yeux et savoura la sensation de bien-être qui imprégnait chaque cellule de son corps. Seulement deux ans plus tôt, la seule pensée de recevoir des soins corporels l'aurait rendue hystérique. Aujourd'hui, elle était capable de se détendre, de prendre plaisir aux séances de gommage, de modelage. Elle avait hâte de maîtriser ces techniques et de les appliquer dans son travail. Elle voulait aider les autres, tout comme on l'avait aidée.

Une employée s'approcha d'elles :

— Pardonnez-moi, Altesse…

Georgie tressaillit. Elle oubliait toujours que sa sœur faisait désormais partie de la famille royale.

— Je suis navrée de vous interrompre, reprit la jeune femme, mais le palais vient d'appeler.

— Ce n'est pas grave, assura Felicity en s'emparant du téléphone portable que la réceptionniste lui tendait.

Elle attendit que cette dernière se soit retirée pour prendre la communication.

— Allô ! Oui, Jamal… Non, ne t'inquiète pas, tu ne me déranges pas du tout… Oui, je vais venir… Tu as eu raison de m'appeler.

— Que se passe-t-il ? demanda Georgie quand sa sœur eut raccroché.

— C'est Jamal. Hassan est absent et elle est un peu inquiète. Elle pense avoir des contractions, mais elle n'en est pas sûre.

— Il y a sûrement un million de médecins qu'elle peut appeler pour se rassurer, non ?

— C'est bien le problème, soupira Felicity en levant les yeux au ciel. Tout le pays est en alerte à cause de cette naissance providentielle qui s'est tant fait attendre. Le médecin officiel du palais ne veut prendre aucun risque. Ainsi, la semaine dernière, Jamal a échoué à la clinique pour être mise sous monitoring. La presse est arrivée avant elle et elle a été accueillie par un parterre de paparazzi, qui l'a mitraillée. Elle n'a pas envie que cela se reproduise !

— La pauvre. Je comprends.

— Tu n'as qu'à rester ici un moment. Si nous écourtons la séance pour nous précipiter toutes deux au palais, cela va éveiller les soupçons. Je vais dire qu'Azizah me réclame.

Felicity partie, Georgie demanda qu'on lui tatoue les pieds au henné pour passer le temps. Mais toute seule, ce n'était plus si drôle et, au bout d'une heure, elle décida de rentrer elle aussi.

Lorsque la voiture franchit les grilles du palais, Georgie eut un pincement au cœur à la vue de cet édifice majestueux que sa sœur appelait maintenant « la maison ». Rien ne ressemblait moins au petit pavillon banal dans lequel elles avaient grandi, dans le nord de l'Angleterre. Un endroit où Georgie ne s'était jamais sentie chez elle et qu'elle avait fui à la première occasion.

Comme elle gravissait les marches du perron, la lourde porte de bois sculptée s'ouvrit comme par magie sur la haute silhouette d'Ibrahim.

Il s'effaça pour lui livrer passage et elle jeta un coup d'œil dans le hall.

— Où est Felicity ?

— A la clinique, répondit-il.

A cet instant, deux servantes traversèrent le hall en

toute hâte, sans prendre le temps de saluer Ibrahim de leur courbette habituelle.

— Jamal est en train d'accoucher, reprit-il. Tout le monde se prépare à la venue du bébé, et c'est un peu le chaos. Nous essayons de joindre Hassan pour qu'il rentre au plus tôt.

— Je croyais qu'il s'agissait d'une fausse alerte, s'alarma Georgie. C'est trop tôt pour l'accouchement, non ?

— Un peu, mais ça n'a pas l'air bien grave. Mon père vient de partir pour la clinique. Felicity voulait te laisser un message, mais les choses se sont précipitées et elle n'a pas eu le temps. Sinon, je suis bien certain que jamais on ne nous aurait laissés en tête à tête au palais, ajouta-t-il, sarcastique.

Ce petit commentaire laissait entendre qu'il avait été mis en garde contre elle. Néanmoins, il n'extrapola pas et retomba dans le silence. Un groupe d'hommes vêtus des traditionnelles robes blanches du pays passa en chuchotant, la mine affairée.

— Et Azizah ? s'enquit Georgie.

— Sa nounou est en train de la préparer. Elle l'habille et va l'installer dans la voiture. Toi aussi, il faut que tu te prépares. Nous allons bientôt partir.

— Mais… pour où ?

— Pour la clinique.

— *Moi* ?

— Tu fais partie de la famille. Le futur roi est sur le point de naître. Il n'y a aucune raison pour que tu restes à l'écart de cet événement majeur.

— Mais… je ne suis que la sœur de Felicity ! J'ai à peine échangé plus de trois mots avec Jamal !

Face au visage figé d'Ibrahim, elle se demanda si elle avait été trop loin. Felicity lui avait recommandé de faire attention, de tourner sept fois sa langue dans sa bouche quand elle parlait avec les membres de sa belle-famille. Mais un sourire inattendu dérida soudain Ibrahim. Loin de l'offusquer, sa franchise semblait l'amuser.

Ce sourire établit une certaine complicité entre eux. Il fut cependant bref et, très vite, Ibrahim reprit son masque impavide.

— Je crois que nous sommes aussi enthousiastes l'un que l'autre. Mais nous n'avons pas le choix, dit-il.

A cet instant, Rina fit son apparition avec la petite Azizah enveloppée dans un châle de cachemire rose vif, prête à rencontrer son futur cousin.

Georgie prit enfin la mesure de l'événement. Le cœur serré d'angoisse, elle tenta une dernière fois de se défiler :

— Personne ne remarquera mon absence, si…

— Ça m'étonnerait, coupa Ibrahim. C'est *toi* qui as la responsabilité d'amener Azizah.

— Je… je ne suis pas prête !

Elle désigna d'un geste sa robe en lin chiffonnée, ses cheveux imprégnés d'huile cosmétique après le hammam. Elle n'avait pas une once de maquillage sur elle. Et elle allait se retrouver au milieu de la famille royale ! La perspective de participer à cette réunion solennelle lui donnait le vertige.

Une domestique s'approcha pour lui glisser par-dessus la tête une longue tunique brodée. Puis elle lui noua un voile sur les cheveux. Curieusement Georgie se sentit soulagée, comme protégée par tout ce tissu qui formait une sorte de rempart autour d'elle.

Ils gagnèrent la cour, où les attendait leur véhicule. La limousine couleur argent aux vitres teintées avait laissé place à une berline noire dont on distinguait parfaitement l'intérieur. Un petit drapeau flottait sur le capot avant. Un escadron de policiers en uniforme devait les escorter à moto.

A ce spectacle, Georgie tenta une plaisanterie :

— On dirait une parade royale !

— Mais c'est exactement cela, confirma Ibrahim.

Elle resta bouche bée. Tout à l'heure elle profitait du spa en compagnie de sa sœur, et voilà qu'elle était bombardée membre à part entière de la famille royale de Zaraq ! Et c'est à elle que revenait l'insigne honneur de veiller sur la petite princesse…

Rina lui tendit l'enfant, qu'elle cala avec précaution dans ses bras.

— Les vitres ne sont pas teintées, tout le monde va nous voir, remarqua-t-elle.

— C'est exprès. Un jour comme celui-ci, il n'est pas question de se cacher du peuple.

Ibrahim dut se méprendre sur la lueur paniquée de son regard, car il ajouta :

— Nous pouvons utiliser deux véhicules différents, si tu préfères.

En réalité ce n'était pas sa présence qui gênait Georgie, mais bien le fait de devoir gérer la situation sans sa sœur à ses côtés.

— Non, non… Allons-y, bredouilla-t-elle.

Ibrahim s'installa sur la banquette arrière. Cette fille était décidément bien compliquée ! En apparence, elle était sûre d'elle, voire frondeuse, et cependant… Il détectait en elle une fragilité qui semblait échapper aux autres. Elle regardait droit devant elle sans ciller, et il l'entendait prendre de grandes inspirations, comme si elle cherchait à dominer une appréhension paralysante. Il n'allait pas la laisser se débrouiller un jour comme celui-ci.

Alors que la voiture s'enfonçait dans le centre-ville de Zaraqa, il lui expliqua à quoi elle devait s'attendre.

— Maintenant que le roi est officiellement arrivé à la clinique, on sait la naissance imminente. L'excitation va s'emparer de la population et les gens vont commencer à se regrouper devant l'établissement.

En effet, Georgie nota qu'il y avait beaucoup de monde dans les rues. Sur leur passage, les gens agitaient la main en souriant avec bienveillance. A mesure qu'ils approchaient de la clinique, la cohue se fit plus dense. Finalement, lorsque le véhicule se gara devant l'entrée, une foule joyeuse les salua avec des clameurs de joie.

En dépit de cet accueil sympathique, elle sentit l'angoisse lui étreindre la poitrine. Elle descendit avec précaution de voiture, tenant la petite Azizah serrée contre son cœur. Jamais elle ne s'était sentie investie d'une plus grande responsabilité.

Doucement, elle remonta le bord du châle pour protéger les yeux de sa nièce des rayons du soleil. Ibrahim l'attendit, puis l'accompagna jusque dans le hall de réception, tout en répondant aux vivats qui fusaient derrière le cordon de policiers.

Rapidement, il se fit expliquer la situation par la direction de la clinique, puis revint informer Georgie :

— Ce ne devrait plus être long maintenant. Heureusement, Hassan vient juste d'arriver.

Ils passèrent dans une salle d'attente qui ne ressemblait à aucune autre. On leur offrit des rafraîchissements et Rina, qui les avait suivis à bord d'une autre voiture, proposa de reprendre Azizah. Georgie refusa :

— Je préfère la garder. Mais où est ma sœur ?

Ibrahim alla une fois de plus se renseigner ; il revint quelques minutes plus tard.

— Felicity va demeurer auprès de Jamal durant la délivrance. Je comprends que tu te sentes un peu… déstabilisée, ajouta-t-il en la voyant fermer les yeux.

— *Un peu* ?

— Ne t'inquiète pas, je vais rester avec toi. Tu ne vas pas affronter seule cette journée.

Ibrahim comptait bien demeurer à ses côtés, même s'il enfreignait la consigne que lui avait donnée son frère le matin même, juste avant qu'il ne parte faire du cheval sur la plage. Pourquoi se serait-il tenu à distance de Georgie ? Après tout, lui-même se sentait parfois écrasé par le poids des traditions et des responsabilités familiales. Il comprenait la panique de la jeune femme qui, de surcroît, se trouvait coupée de sa sœur.

Elle poussa un long soupir.

— Je ne sais pas comment Felicity parvient à résister à toute cette pression…

— Elle a choisi cette vie. Mais je te rassure, ce n'est pas tout le temps comme ça.

— Moi, je ne pourrais pas.

— Elle s'en sort très bien.

Tout en prenant garde à ne pas déranger Azizah, qui somnolait dans ses bras, Georgie pivota vers lui, surprise par le ton admiratif qu'il avait employé.

— Je croyais que tu ne l'appréciais pas ?

— C'est faux, je l'aime beaucoup. Même si elle te fait du chantage affectif, glissa-t-il avec un sourire moqueur.

— Non, pas du tout !

— Bien sûr que si. Et c'est normal. Felicity est isolée dans un pays étranger, elle a envie de rassembler sa famille autour d'elle. Elle voudrait également que tu profites de la vie facile qu'elle mène ici, parce qu'elle t'aime. Mais tu aurais l'impression d'étouffer, n'est-ce pas ?

Elle ferma les yeux sans répondre.

— Tu dois te préserver, insista-t-il.

— Comme tu te préserves, *toi* ?

Il ouvrit la bouche, ravala de justesse les paroles sarcastiques qu'il était sur le point de prononcer. Son regard tomba sur le minois innocent de sa nièce. Il tendit la main, laissa glisser son index sur la joue duveteuse, puis répondit en toute honnêteté :

— Comme *j'essaie* de me préserver. Mais nous avons tous nos chaînes.

Pour l'heure, les circonstances exigeaient qu'il soit là au moment de la naissance du futur roi. C'était son devoir, certes, et pourtant, il ne pouvait se défendre contre un curieux sentiment d'exaltation. Il avait été touché par la joie des gens dans la rue. Peut-être était-il tout simplement soulagé que Hassan et Jamal aient enfin engendré un fils, qui, dans la hiérarchie royale, l'éloignait de l'accession au trône.

Oui, c'était sûrement ça, se persuada-t-il, au moment même où, quelque part dans la clinique, retentissait le vagissement d'un nouveau-né qui assurait l'avenir dynastique de Zaraq.

Le roi ne tarda pas à réapparaître.

— C'est bien un fils ! lança-t-il avec jovialité, comme s'il avait toujours douté des échographies. Le futur roi est né ! Il est un peu faible en raison de sa prématurité, mais les médecins assurent qu'il est en bonne santé ; quelques jours de couveuse suffiront à lui rendre sa vigueur.

Ibrahim hocha la tête. Tout à coup, son père s'approcha et l'étreignit, dans un rare élan d'effusions.

— C'est bon de te voir en cet instant, fils !

Oui, c'était bon et réconfortant d'être là, admit Ibrahim en son for intérieur.

— Viens, nous allons sortir sur le balcon pour partager cette bonne nouvelle avec le peuple, annonça le roi. Vous aussi, Georgie !

C'était une belle journée, pleine de promesses, une journée miraculeuse. Le regard d'Ibrahim se porta sur Georgie. Il lut la terreur dans ses yeux bleus. Comme promis, il se tint près d'elle tandis qu'ils s'avançaient tous trois vers le balcon.

— Nous allons faire l'annonce de la naissance, lui expliqua-t-il à voix basse. Il faut rassurer le peuple, lui dire que tout s'est bien passé. Quand le premier fils de Hassan et Jamal est mort-né, il n'y a eu qu'un bref communiqué de presse et aucun commentaire ultérieur. Aujourd'hui, le peuple zaraqi a de quoi se réjouir.

Il lui pressa gentiment le bras. Tenant toujours Azizah précieusement serrée contre elle, Georgie s'avança sur le balcon. Eblouie par les rayons du soleil, elle plissa les paupières. Des cris et acclamations s'élevèrent de la place en contrebas.

— Tout va bien, lui chuchota Ibrahim.

— Je… merci, bafouilla-t-elle.

Encouragée, elle releva la tête, s'efforça de sourire, et

trouva même le courage au bout d'un moment d'agiter la main en direction de la foule en délire.

— Heureusement, c'est la première et la dernière fois ! chuchota-t-elle à Ibrahim.

Il ne répondit pas. Pour lui c'était différent. Ces fonctions officielles lui incombaient. Tout le monde s'attendait à le voir revenir un beau jour pour poser ses valises et endosser ses responsabilités de prince. Et c'était sans doute son avenir qu'il avait devant lui, songea-t-il face à la foule de ses fidèles sujets.

6.

— Je suis obligée de porter ça ?

Georgie n'était pas venue à Zaraq pour participer aux dîners royaux en grande pompe. Elle était juste venue voir sa sœur et sa nièce. Mais apparemment, il n'y avait pas moyen d'y couper.

— L'héritier du royaume est né aujourd'hui, répliqua sa sœur, une pointe d'exaspération dans la voix. Georgie, nous passerons du temps ensemble, je te le promets, mais je n'y peux rien si le fils de Jamal est né avec un peu d'avance. Je te demande juste de faire un petit effort pendant deux, trois jours.

Cela s'était avéré encore pire que pour le mariage de sa sœur. Deux servantes s'étaient présentées afin de la préparer ; pendant que l'une tressait sa longue chevelure, la seconde lui maquillait les yeux de khôl. Enfin, on avait déposé sur son lit une longue et ample robe de soie jaune citron, ornée de broderies et de perles. La tenue n'était pas affreuse mais… mais jamais Georgie n'aurait choisi de porter une telle robe si elle avait eu le choix !

— Tu es superbe, assura Felicity une fois qu'elle l'eut enfilée.

C'était un mensonge éhonté et toutes deux le savaient. Ce jaune éclatant aurait convenu à une peau mate et des cheveux noirs, mais il jurait avec le teint clair et les cheveux dorés de Georgie.

— J'ai l'air d'une tarte au citron meringuée ! soupira-t-elle.

Face au miroir, elle se força à sourire. Elle percevait le sentiment de culpabilité sous l'irritation de Felicity, et elle ne voulait pas accabler sa sœur.

— Dis-moi au moins que tu seras assise à côté de moi à table…

— Normalement, oui ; il faudra quand même que je m'absente pour allaiter Azizah. Elle s'est endormie tout de suite après son bain, elle ne tiendra pas tout le repas.

— Tu ne vas pas me laisser seule à table avec tous ces gens ! se récria Georgie. Enfin, Felicity, je… je ne les connais presque pas !

— Je sais, mais qui pouvait prévoir que le fils de Jamal naîtrait si vite ? gémit Felicity. Et comment aurais-je pu prévoir qu'une réception se déroulerait le jour même de sa naissance !

— Une… une réception ? s'étrangla Georgie.

— Ne t'affole pas, ce n'est qu'une réunion de famille, s'empressa de préciser sa sœur en la voyant pâlir. Même si en de telles circonstances le cercle familial s'agrandit. Il y aura des cousins, des oncles et des tantes éloignés. Et puis la famille de Jamal est conviée, elle aussi, et… ce sont des gens très conservateurs. Ecoute, je sais que le repas représente une épreuve pour toi, mais…

Georgie se redressa outrée.

— Felicity, j'aimerais que tu cesses de tout relier à l'anorexie ! Je suis guérie. L'anxiété que je ressens n'a rien à voir avec ça. N'importe qui éprouverait de l'appréhension à l'idée de participer à un banquet formel avec de quasi-inconnus.

— Je comprends. Je suis désolée que tout cela se produise alors que tu viens tout juste d'arriver à Zaraq. En temps ordinaire, Karim et moi dînons dans nos appartements, en toute simplicité. Or, là, pas moyen d'échapper à cette soirée. Bon, tu connais un peu le roi, Hassan et Jamal. Et Karim bien sûr. Ibrahim sera là aussi ; du moins j'espère.

— Comment cela… *tu espères* ? Tu viens de dire que cette soirée était incontournable.

— Avec Ibrahim, on ne sait jamais. Il faut toujours s'attendre au pire, rétorqua Felicity, fataliste. Au fait, tu es arrivée à la clinique en sa compagnie. Comment a-t-il réagi ?

— Il avait l'air très heureux pour son frère.

— D'après Karim, vous passez beaucoup de temps ensemble.

— Ibrahim parle anglais, répondit Georgie sur la défensive.

Elle se demanda pourquoi elle se justifiait ainsi. Elle n'avait rien fait de mal, pas vrai ?

Elle changea de sujet :

— Et la reine ?

— Tu sais bien qu'elle ne vit pas ici.

— Alors quand verra-t-elle son petit-fils ?

— Quand Hassan et Jamal iront lui rendre visite. Exactement comme je l'ai fait à la naissance d'Azizah. Mais comme le bébé est un peu prématuré, il ne va pas voyager de sitôt.

— Alors elle va devoir attendre des mois ?

— Georgie… s'il te plaît.

Le regard nerveux de sa sœur irrita Georgie.

— Toi et moi avons quand même le droit d'en parler dans l'intimité de ma chambre, non ? s'exclama-t-elle, incrédule. Franchement Felicity, je ne sais pas comment tu peux vivre dans de telles conditions !

— J'ai une vie fantastique. Et bien sûr que nous pouvons aborder la question. Mais pas au dîner. Certains sujets sont…

— … tabous ?

— Disons délicats. Le roi n'a toujours pas fait son deuil de ce mariage. Sa femme lui manque toujours, même si c'est lui qui l'a chassée après son infidélité.

— Son *deuil* ? Elle n'est tout de même pas morte ! s'insurgea Georgie. Si elle lui manque, il n'a qu'à décrocher son téléphone, ce n'est pas compliqué. Mais bon, j'ai compris. Ne t'inquiète pas, je ne vais pas te faire honte à table pendant que tu auras le dos tourné. Je tiendrai ma langue.

Georgie tint parole, mais pas vraiment à cause des mises en garde de sa sœur. Elle fut tellement impressionnée par l'immense table, les convives sur leur trente et un, les présentations cérémonieuses et le cadre — grandiose —, qu'elle en perdit presque l'usage de la parole.

Ibrahim n'était nulle part en vue. A plusieurs reprises, elle entendit le roi prononcer son nom en discutant avec Karim en arabe.

— Quand le banquet va-t-il commencer ? demanda Georgie à sa sœur, alors qu'elles étaient assises à table depuis, lui semblait-il, une éternité.

— Quand le fils prodigue daignera se montrer. Est-ce que ça va ?

— Oui, oui…

Même si elle affichait un calme olympien, en son for intérieur, Georgie redoutait le moment où elle se retrouverait seule. D'autant que Felicity l'avait prévenue : les parents de Jamal ne comprenaient pas l'anglais et, par respect pour eux, on ne parlerait qu'arabe à table.

— Ils sont en train de discuter pour savoir quand sera publiée la photo officielle du nouveau-né, expliqua Felicity.

Celle-ci faisait de son mieux pour suivre la conversation et la retranscrire à Georgie, mais cette bouée de sauvetage disparut bientôt : une domestique s'approcha pour glisser quelques mots à l'oreille de sa sœur. Celle-ci tourna la tête vers le roi, assis en bout de table. Il capta son regard interrogateur, puis hocha la tête. Après avoir murmuré un mot d'excuse, Felicity quitta la table.

Ensuite, les minutes s'écoulèrent, interminables. Georgie s'efforçait de rester souriante et détendue alors qu'elle ne comprenait rien à ce qui se disait autour d'elle. Et l'entrée n'avait toujours pas été servie ! Au moins, manger lui aurait donné une contenance.

Enfin, telle une averse d'été salvatrice par une journée de canicule, Ibrahim fit son apparition, vêtu à l'occidentale — costume sombre, chemise blanche ajustée.

Pourquoi arrivait-il si tard ? s'interrogea Georgie. Avait-il été faire du cheval ? Ses cheveux étaient légèrement embroussaillés et il ne s'était pas embêté à raser le soupçon de barbe qui lui assombrissait les joues.

— Tu es en retard, commenta le roi, la mine sévère.

Il s'était exprimé en anglais cette fois, sans doute pour ne pas embarrasser ses hôtes arabophones.

— J'ai dû passer un coup de fil, répliqua Ibrahim sans présenter ses excuses.

— A l'heure du dîner ?

— C'est un repas de famille. On ne va quand même pas rester collet monté par une si belle journée, si ? dit-il avec un sourire acide.

Puis il se glissa sur le siège vacant à côté de Georgie.

— C'est la place de Felicity, objecta aussitôt Karim.

— Où est-elle ?

— Partie allaiter Azizah.

Ibrahim se tourna vers Georgie :

— Elle t'a laissée toute seule ? Bon, je vais te tenir compagnie ; au moins jusqu'à son retour.

Ignorant les sourcils froncés de son frère, il enveloppa la jeune femme d'un regard insistant, avant de remarquer à mi-voix :

— Tu es exactement comme le jour où nous avons fait connaissance.

— Ah oui ! marmonna Georgie, au souvenir de la robe abricot. Je crois que les domestiques n'ont pas l'habitude d'habiller les blondes.

Il sourit et elle l'imita spontanément. Le charme d'Ibrahim agissait. Déjà, elle sentait sa nervosité s'évaporer. Avec lui au moins, elle pouvait rester elle-même.

— Ils ne vont pas tarder à servir le dîner maintenant que tu es arrivé. Je commence à avoir faim ! avoua-t-elle.

— Oui, ça ne devrait plus être long. Mais c'est ainsi que se déroulent les repas ici. On lie connaissance et on discute avant de manger. Et une fois le café servi, la soirée est terminée.

— J'espère que les plats ne seront pas trop exotiques pour mon estomac occidental. J'ai lu quelque part qu'il était très malpoli de ne pas finir son assiette…

Cette perspective, bien anodine pour d'autres, était pour elle très angoissante. Elle mangeait désormais de tout, dans des quantités raisonnables. Mais jamais elle ne serait une ogresse. Et la pensée de dîner ce soir en compagnie de tous ces étrangers, dans un environnement qui ne lui était pas familier, et de se voir servir des mets inconnus, avait de quoi réveiller ses vieilles angoisses.

Les domestiques arrivèrent avec de grands plateaux, qu'ils déposèrent sur la table.

— Voici le *mezze*. C'est un assortiment de plats, expliqua Ibrahim. De l'houmous, des fallafels, des feuilles de vigne farcies, de la salade de légumes épicés, du caviar d'aubergines… Il faut goûter un peu à tout. Et n'hésite pas à te resservir si cela te plaît.

Il se tourna vers son père, qui cherchait depuis un moment à attirer son attention. Les deux hommes se mirent à discuter en arabe. Pendant ce temps, Georgie se lança dans la découverte du *mezze*. Elle fut agréablement surprise par ces saveurs nouvelles, qui enchantaient le palais. Et cet usage qui consistait à picorer dans les plats lui plaisait beaucoup.

Ibrahim reporta son attention sur elle et ils reprirent leur conversation. Georgie ne vit pas le temps passer et se rendit à peine compte du retour de Felicity. Après un petit moment de gêne, Ibrahim libéra la place et alla s'installer de l'autre côté de la table.

— Désolée d'avoir tant tardé, chuchota Felicity.

— Ce n'est pas grave. Vraiment. J'ai passé un très bon moment avec Ibrahim.

Voyant sa sœur pincer les lèvres et glisser un coup d'œil entendu à Karim, elle s'étonna :

— Quoi ? Qu'y a-t-il ?

— Rien, rien…

Felicity fit dévier la conversation, mais Georgie avait bien vu qu'elle était contrariée. Ibrahim se comportait pourtant de manière impeccable. Tout en sachant distraire ses voisins de gauche et de droite, il ne laissait pas tomber Georgie et parvenait presque à créer de vraies conversations, malgré la barrière de la langue.

Au moment du dessert, alors qu'Ibrahim se penchait pour commenter le contenu de leurs assiettes — du *mahlabia*, une sorte de flan à la rose et à la framboise —, Georgie perçut la crispation de sa sœur à ses côtés. Cette réaction provoqua sa colère. Même si ce n'était pas exprès, Felicity l'avait laissée se débrouiller seule lors d'une soirée importante dont elle ne maîtrisait pas les codes. Sans Ibrahim, qui l'avait guidée et rassurée, elle aurait pu commettre des impairs et se serait mortellement ennuyée. Et voilà que Felicity semblait prendre ombrage de leur bonne entente !

Un peu plus tard, comme Georgie éclatait de rire à une plaisanterie d'Ibrahim, sa sœur lui décocha un discret coup de coude dans les côtes.

— Quoi ? Qu'y a-t-il encore ? se rebiffa-t-elle à voix basse.

— Il faudra que nous parlions tout à l'heure, se borna à dire Felicity.

« Et tu ne perds rien pour attendre ! » songea Georgie, qui avait bien l'intention de déballer ce qu'elle avait sur le cœur, elle aussi.

On apporta le café. Comme l'avait annoncé Ibrahim, la plupart des convives prirent congé dans la foulée. La famille de Jamal remercia ses hôtes avant de s'en aller. Hassan déclara qu'il retournait à la clinique passer sa première nuit en compagnie de son épouse et de son fils. Mais apparemment, la soirée n'était pas tout à fait terminée car le roi demanda un autre café, accompagné de petits gâteaux.

Alors que tout le monde semblait vouloir profiter de ce véritable moment de détente, le téléphone portable d'Ibrahim se mit à sonner dans sa poche. Le roi se renfrogna immédiatement. Ibrahim se leva.

— Excusez-moi, je suis obligé de répondre, dit-il à la cantonade, avant de sortir.

La conversation reprit autour de la table, dans une atmosphère de tension perceptible. Ibrahim prenait son temps ; son attitude était de toute évidence considérée comme une impolitesse flagrante. Le visage du roi s'assombrissait de minute en minute, et même Georgie commençait à redouter qu'il n'explose.

Une demi-heure plus tard, Ibrahim refit son apparition, très décontracté. Il se heurta à un silence consterné.

— Quoi ? lança-t-il d'un air de défi.

— Nous parlerons tout à l'heure, décréta son père.

— Pourquoi ? Si tu as quelque chose à me dire, autant le faire maintenant.

— C'est la deuxième fois ce soir que tu fais attendre tout le monde.

— Je vous ai dit de ne pas vous soucier de moi.

— C'est une soirée de réjouissances *en famille*.

— Pas tout à fait, rétorqua froidement Ibrahim. Il manque quelqu'un.

Georgie songea aux malheureux impairs qu'elle avait tant redouté de commettre. Ils lui apparaissaient tout à coup bien insignifiants comparés aux bravades d'Ibrahim.

Celui-ci venait de reprendre sa place. Il claqua des doigts.

— J'aimerais une coupe de champagne pour célébrer la naissance du futur roi de Zaraq.

Tous les convives retinrent leur souffle. C'était là une provocation délibérée : pas une goutte d'alcool n'avait été servie au cours du banquet.

Hésitants, les domestiques se tournèrent vers le roi.

Au bout d'un moment, celui-ci donna son assentiment avec raideur.

— Quelqu'un désire trinquer avec moi ? s'enquit Ibrahim.

Ses yeux se posèrent sur Georgie, dont le cœur se mit à battre la chamade.

— Non, merci, répondit-elle.

Le soupir de soulagement que poussa sa sœur lui parut résonner dans le silence sépulcral qui alourdissait l'atmosphère. Ibrahim attendit qu'on lui apporte une coupe pour reprendre :

— Non, la famille n'est pas au grand complet. Il manque notre mère. Personne n'a pensé à l'appeler ? Moi, je l'ai fait. C'est la raison de mon retard, tout à l'heure. J'ai appelé ma mère et je pensais, naturellement, qu'elle serait déjà au courant de la naissance de son petit-fils…

— Ibrahim, pas ici ! tenta de s'interposer Karim. Pas maintenant !

— Ah non ? Et quand alors ? Nous sommes tous réunis, c'est justement le moment idéal, non ?

— C'est une fête, grinça le roi entre ses dents. Ton intervention est inappropriée. Pour ta gouverne, sache que j'allais demander à mon secrétaire d'appeler…

— Ton *secrétaire* ? coupa Ibrahim, sardonique. Le même que celui qui lui a appris la mort de son fils ? Ou celui qui l'a prévenue que le premier enfant de Hassan et Jamal était mort-né ? Combien de fois a-t-elle eu le cœur brisé au téléphone avec ton *secrétaire* ?

— A l'époque, je n'avais pas parlé à ta mère depuis des années…

— Mais ce n'est pas le cas aujourd'hui. Tu lui parles. Tu fais même beaucoup plus. Tu vas la voir à Londres. Tu y étais encore il y a deux semaines, soi-disant pour *affaires*…

— Ça suffit ! tonna le roi.

— Tu n'aurais pas pu faire un geste ? Pour lui faire plaisir ?

— Toi non plus, tu n'avais pas appelé au moment de… de la fausse couche de Jamal.

— Parce que je pensais que tu l'avais fait ! C'est elle qui vient de me téléphoner à l'instant. Ma mère. Notre reine. Elle s'est à peine remise du choc que je lui ai infligé en début de soirée. Elle venait de réaliser qu'elle ne verrait pas son petit-fils prématuré avant des semaines. Elle pleurait et m'a demandé de porter un toast à sa place et de donner dès demain au bébé un baiser de sa grand-mère. Une grand-mère qui n'a pas le droit de tenir son petit-fils dans ses bras.

Une douleur infinie vibrait dans la voix d'Ibrahim. Georgie en fut toute retournée. Mais le roi n'entendait pas plier devant son fils. Il se leva. Aussitôt, Karim et Felicity l'imitèrent. Sur un signe de sa sœur, Georgie fit de même.

— Sois demain matin dans mon bureau à 8 heures, Ibrahim. J'ai à te parler. Et tu m'écouteras, cette fois.

La tension ne retomba pas une fois la porte refermée sur la silhouette du souverain. Karim foudroya son frère du regard.

— Pourquoi as-tu gâché cette soirée, Ibrahim ?

— J'ai seulement dit la vérité.

— Tu crées des problèmes partout où tu passes ! Tu n'avais aucune raison de mettre les pieds dans le plat de la sorte.

— Tu trouves ? Imagine, Felicity, poursuivit Ibrahim en s'adressant à sa belle-sœur, que dans une vingtaine d'années, Azizah accouche alors que tu es à l'autre bout du monde et que Karim ne daigne même pas te prévenir. Quelle serait ta réaction ?

Sur ces mots, il s'empara de la bouteille de champagne et quitta la salle.

*
* *

Georgie, encore sous le choc de la scène à laquelle elle venait d'assister, résista avec difficulté à l'envie de courir après Ibrahim.

Le silence s'instaura.

— Il n'a pas tort, murmura enfin Felicity. Karim, tu aurais pu appeler ta mère.

Ce dernier s'éloigna en soupirant.

— Pour l'heure, je vais parler à mon père, s'il n'est pas d'humeur trop massacrante.

Georgie suivit sa sœur dans les appartements du couple. Sa sœur était furieuse.

— Maudit Ibrahim ! Il recommence chaque fois qu'il séjourne ici. Il ne peut pas s'en empêcher.

— Mais tu disais qu'il n'avait pas tort…

— Toi, évidemment, tu te ranges de son côté ! s'exclama son aînée, qui s'était mise à arpenter la chambre. Tu ne peux donc pas te tenir à l'écart ? Tu n'as rien à faire avec lui.

— C'est un peu fort ! Je ne suis pas censée lui parler, alors qu'il a été le seul à m'apporter son aide tout au long de la journée ?

— Tu peux lui parler, bien sûr. Ce qui me gêne, ce sont vos petits apartés, vos rires complices… On aurait dit que vous flirtiez toute la soirée !

— C'est faux ! s'insurgea Georgie. Nous… nous discutions, tout simplement.

« Mensonge ! » lui chuchota une petite voix intérieure. Elle n'avait cessé de chercher son regard sombre, s'était délectée de son sourire charmeur, du velouté de sa voix, qui lui donnait la chair de poule. Comment s'étonner que Felicity s'en soit rendu compte ?

— C'était pareil au mariage, reprit sa sœur. Je sais bien qu'il est séduisant, et que toutes les femmes craquent quand il commence son petit numéro de charmeur. Mais pas ici Georgie ; pas à Zaraq, dans ma belle-famille. Tu ne peux pas agir ici comme tu le ferais à Londres.

— Que veux-tu dire ?

Mais Georgie savait pertinemment ce que sous-entendait

sa sœur, à savoir qu'elle n'était qu'une éternelle adolescente à problèmes, quelqu'un qu'il fallait remettre dans le droit chemin dès qu'elle s'en écartait, incapable de prendre seule les bonnes décisions.

Felicity se passa la main dans les cheveux d'un air exaspéré :

— C'est juste que… Oh ! restons-en là, Georgie. Je ne veux pas me disputer avec toi. Je réagis sans doute de manière un peu épidermique. La journée a été longue, et pas seulement à cause de la naissance. Karim s'inquiète au sujet des Bédouins ; il essaie de régler la situation au mieux, mais l'épidémie se propage. J'ai culpabilisé toute la journée parce que je savais que je te ferais défaut ce soir. En fait, je suis vraiment reconnaissante à Ibrahim de t'avoir prise sous son aile. Je suis juste… fatiguée.

— Va te coucher, conseilla Georgie, radoucie. Azizah va se réveiller d'ici quelques heures. D'ailleurs, pour une fois, tu devrais laisser Rina s'en occuper et lui donner le biberon.

— Ne t'y mets pas, toi aussi ! se récria sa sœur, au bord des larmes. Je ne veux pas que Rina s'occupe de ma fille.

— Je peux me lever, si tu préfères. Tu as l'air épuisée.

— Tu n'es pas obligée…

— Ça ne me dérange pas. Et je suis au courant de toutes les consignes. Je vais prendre le *baby phone* et tu vas pouvoir dormir sur tes deux oreilles. Tu te réveilleras en pleine forme demain matin ; ainsi, nous pourrons profiter de la journée.

Felicity se mordilla la lèvre. Manifestement, elle avait des obligations pour le lendemain. Georgie enchaîna :

— … ou après-demain. Ou dès que tu le pourras. Tu es occupée et ce n'est pas ta faute si l'héritier est né plus tôt que prévu. Je comprends.

— Vraiment ? fit Felicity, entre espoir et reconnaissance.

— Mais oui.

Georgie mentait à demi. Elle ne voyait pas du tout comment sa sœur avait pu embrasser de son plein gré une telle existence, régie par des règles tacites et rigides. Pour sa part, quoi qu'elle fasse, elle semblait braver les conventions.

Alors qu'elle regagnait sa chambre, elle aperçut Ibrahim qui prenait l'air sur la terrasse surplombant ce désert qu'il détestait tant.

Il ne se tourna pas mais, à la vue de ses larges épaules qui se raidissaient, elle sut qu'il l'avait entendue. Elle ralentit le pas. Allait-il lui faire signe ? Lui demander de trinquer en sa compagnie peut-être ?

Mais il l'ignora et se servit un autre verre.

— Je vais me débrouiller, je vous assure, dit Georgie à la domestique venue dans sa chambre pour l'aider à se déshabiller.

Enfin seule, elle poussa un soupir de soulagement. Mais ce fut pour être aussitôt assaillie de remords. Elle aurait dû soutenir Ibrahim ce soir.

Elle avait un bon millier de raisons pour ne pas l'avoir fait. En premier lieu, elle n'avait pas à se mêler de cette querelle familiale. Elle était venue voir sa sœur, c'est tout. Elle n'avait pas à manquer de respect au roi.

Elle se débarrassa de ses chaussures, déboutonna sa robe, puis ôta à l'aide d'une lingette démaquillante toute trace de khôl sur son visage. Ensuite, elle appliqua une crème hydratante puis se frotta les tempes avec un peu d'huile essentielle de mélisse.

Certes, elle s'était comportée *comme il le fallait* ; et pourtant, son cœur n'était pas d'accord avec sa raison.

N'y tenant plus, elle saisit le *baby phone* et quitta sa chambre. Elle longea le couloir jusqu'au balcon. Comme elle s'y attendait, Ibrahim ne se tourna même pas pour saluer sa présence.

— Je suis désolée. Je suis venue m'excuser. J'aurais dû accepter de boire cette coupe de champagne avec toi.

Il pivota lentement en secouant la tête.

— Rien ne t'y obligeait. Je n'aurais pas dû te mettre dans une telle situation. Tu ne me dois rien. Mais…

Il s'interrompit, le regard posé sur l'appareil qu'elle tenait en main.

— … tu ne dois rien à ta sœur non plus, acheva-t-il.

— Je lui ai juste proposé de m'occuper d'Azizah quand elle se réveillera cette nuit.

— Je ne parle pas seulement de cela. Il existe une tension latente entre vous.

— Nous nous adorons.

— Je le sais bien, mais… On dirait que vous marchez toujours sur des œufs. Il faut crever l'abcès. Parfois, rien ne vaut une bonne dispute pour assainir une relation. As-tu l'impression de lui être redevable ?

Georgie détecta dans la voix d'Ibrahim une tendresse qui la prit au dépourvu. Sa gorge se serra et elle hocha la tête en silence. C'était la première fois qu'elle se montrait aussi honnête sur le sujet. Elle pleurait rarement, la plupart du temps sous le coup d'une douleur physique, et cela faisait une éternité qu'elle ne s'était pas effondrée. Pourtant, comme le soir où ils s'étaient croisés dans la discothèque, quelques mots d'Ibrahim avaient suffi pour la mettre au bord des larmes.

— Ce n'est pas sain, commenta-t-il.

On aurait dit qu'il connaissait ses démons, qu'il les faisait ressortir pour mieux l'aider à les chasser.

— Elle m'a beaucoup aidée, autrefois.

— Tu l'as remerciée ?

— Bien sûr.

— En toute sincérité ?

— Oui.

— Alors le chapitre est clos. Débarrasse-toi de cette culpabilité, Georgie… et viens plutôt me rejoindre au lit, acheva-t-il avec un sourire.

Derrière son sourire badin qui disait « je plaisante », Georgie décela une vraie frustration, un appel. Ses yeux avaient pris un éclat particulier et elle comprit qu'il se remémorait leurs baisers. Ses narines palpitèrent soudain. Il se rapprocha dans un mouvement félin, baissa la tête et inspira profondément, les lèvres à quelques centimètres de son front.

Georgie retint son souffle. Allait-il l'embrasser ?

— *Bals-min*, murmura-t-il.

— En Occident, nous appelons cela de la mélisse…

Elle ne put en dire plus car la sensation de son haleine brûlante sur sa joue l'étourdit. Elle mourait d'envie qu'il la prenne dans ses bras. Elle voulait de nouveau goûter la saveur épicée de sa langue, mélanger son souffle au sien, sentir ses muscles durs sous ses doigts. Mais il ne faisait que la tourmenter en l'effleurant à peine. Il aurait pu la toucher, la caresser, la prendre ici même, sur le balcon, sans qu'elle lui oppose un mot de protestation… ce qui était une excellente raison pour lui souhaiter bonne nuit et se sauver ! songea-t-elle en battant en retraite.

— Il faut que je m'en aille…

— Alors pars maintenant, n'attends pas.

Le *baby phone* dans sa main crispée, elle tourna les talons, luttant pour ne pas courir, mais aussi, pour ne pas se retourner et lui lancer un dernier regard.

De retour dans sa chambre, Georgie ne trouva pas la paix. S'étant dévêtue, elle se glissa entre les draps, nue, incapable de s'endormir. Elle savait qu'Ibrahim dormait dans la chambre voisine. Et que s'il venait la rejoindre, elle ne lui opposerait aucune résistance.

Mais il ne se montra pas.

Il la laissa brûlant de désir, le corps torturé, exactement comme elle l'avait laissé des mois plus tôt. Etait-ce volontaire de sa part ? Lui rendait-il la monnaie de sa pièce ? Peut-être voulait-il la voir supplier, se traîner à ses pieds… Il se vengeait de l'affront qu'elle lui avait fait subir.

Dieu merci elle avait le *baby phone* !

Le petit appareil qui clignotait doucement dans la nuit

était comme une ceinture de chasteté électronique. Il la rappelait à ses responsabilités, qu'elle avait librement endossées, et qui l'empêchaient de se relever pour aller frapper à la porte d'Ibrahim.

7.

Ibrahim pénétra dans le bureau de son père avec dix minutes d'avance.

— Tu voulais me voir ?

Le sursis de la veille l'avait plus irrité que soulagé. Il n'avait pas l'habitude d'atermoyer et aimait affronter les problèmes de face dès qu'ils se posaient. Il allait défendre son point de vue et tourner la page.

— Assieds-toi.

Il perçut de la lassitude dans la voix de son père, ce qui était inhabituel chez lui. Et les mots qui sortirent de sa bouche le stupéfièrent bien plus encore :

— Tu avais raison, hier soir.

— C'est un postulat de base, non ? plaisanta Ibrahim avec un sourire.

Il était le seul des fils du roi à oser parfois se moquer de son père.

— Oui, j'aurais dû prévenir ta mère.

Le sourire d'Ibrahim s'effaça tandis que son père poursuivait :

— Elle ne mérite pas d'apprendre la nouvelle de la bouche de son fils ou de mon secrétaire.

« En effet, elle mérite tellement mieux ! » aurait aimé répondre Ibrahim. Il savait toutefois qu'il ne devait pas pousser le bouchon trop loin.

— Ce matin, elle a refusé de me prendre au téléphone alors que je voulais lui présenter mes excuses. Alors je vais partir pour Londres afin de le faire de vive voix.

— Tu quittes Zaraq ? s'étonna Ibrahim.

C'était presque inconcevable en une telle période de liesse.

— Je vais aller prendre des nouvelles du bébé à la clinique, puis je me rendrai à l'aéroport. Je compte être de retour avant sa sortie de couveuse. Le peuple ne doit pas nécessairement être mis au courant. Et s'il l'apprend… ma foi, tant pis, fit son père avec un haussement d'épaules. J'ai bien le droit d'aller voir ma femme pour partager ce joyeux événement.

Il dévisagea son fils, le plus jeune mais le plus secret, celui qui demeurait pour lui une énigme vivante.

— Tu n'as pas l'air très content, remarqua-t-il.

— Pourquoi le serais-je ?

— Depuis ma maladie, je vais plus souvent à Londres. Tes frères sont heureux de me voir renouer avec ta mère, mais… pas toi, on dirait.

— Non. Je n'aime pas qu'on traite ma mère comme une moins-que-rien.

— Ibrahim ! Je t'interdis de parler d'elle en ces termes !

— C'est toi le coupable. Pendant des années, tu l'as purement et simplement ignorée.

— Je lui ai fourni un logement de luxe et une rente confortable.

— Et aujourd'hui, tu la couvres de cadeaux et tu files à Londres à la moindre occasion…

Il leva les mains et les remua en l'air tel un marionnettiste. Le visage écarlate, son père se planta devant lui et leva le bras. Ibrahim ne cilla même pas.

— Vas-y, frappe-moi. Tu ne me feras pas taire pour autant. Personne n'y parviendra.

Comme son père laissait retomber sa main, il reprit :

— Tu trouves normal qu'elle soit là à t'attendre, qu'elle lâche tout lorsque tu daignes venir lui rendre visite ; pourtant, lors d'un épisode familial important, elle n'a pas le droit d'être présente. Cela en dit long sur la considération que tu lui portes.

— Je n'ai que faire de ton approbation !

— Tant mieux, parce que tu ne l'auras pas.

Il fit mine de se lever.

— Cet entretien n'est pas terminé ! tonna son père.

— Peut-être, mais je préfère être debout.

— J'ai été patient. Mais ma patience est à bout maintenant. Tu dois revenir t'installer à Zaraq. Ta place est ici. Ton pays a besoin de toi.

— Et surtout, tu ne supportes pas que je sois près d'elle, à Londres, hein ? Ta vengeance ne sera complète que lorsqu'elle sera vraiment isolée et tous ses enfants revenus au bercail.

— Cela ne concerne pas ta mère ; seulement toi et tes devoirs envers Zaraq. Tu peux te dérober, le désert te rappellera à lui. Je sais que son appel résonne déjà en toi.

Ibrahim lui rit au nez.

— Je ne supporte pas le désert !

— Tu le crains. Mais il t'attire. C'est normal. En tout cas, j'ai décidé d'agir et de te trouver une fiancée qui…

— Je suis capable de faire mes propres choix ! s'insurgea Ibrahim.

— Tu ne fais jamais les bons !

Il serra les poings. Il se détourna et, à pas lents, se dirigea vers la porte. Son père ne le rappela pas.

Cette fois, il était bel et bien décidé à partir au plus vite. Il ne voulait plus entendre parler de ce pays, de ses lois stupides et d'une fiancée qui serait choisie par un autre.

Il avait eu bien raison de venir, se félicita-t-il en marchant à grands pas dans les couloirs. Il savait désormais à quel point cet endroit ne lui convenait pas.

Puis il la vit.

Un choix tellement déraisonnable…

Assise sur le canapé, son ordinateur portable sur les genoux, Georgie Anderson tenait une carte bancaire à la main. Sa chevelure blonde était réunie en une queue-de-cheval haute. Elle ne leva pas la tête à son entrée, mais il vit ses joues s'empourprer légèrement.

Georgie s'efforça de ne pas trahir son trouble. Ibrahim n'avait pas besoin d'être là pour la faire rougir : les pensées torrides qui l'avaient tenue éveillée la veille suffisaient à la faire brûler de honte. Il aurait pu la prendre sur le balcon s'il l'avait voulu. Il aurait pu la rejoindre dans sa chambre, elle ne l'aurait pas repoussé. Quel genre de baby-sitter était-elle donc ?

Elle devait fuir le palais aujourd'hui même, se sortir cet homme de l'esprit avant qu'il ne soit trop tard.

— Que fais-tu ? s'enquit-il en la voyant pianoter sur le clavier.

— Je réserve un circuit touristique.

— Où veux-tu aller ?

— Dans le désert.

— Montre-moi ça.

Georgie en resta coite. Ibrahim s'était penché au-dessus d'elle et regardait sans vergogne l'écran de l'ordinateur. Ayant parcouru la page, il n'hésita pas à appuyer sur une touche pour faire défiler le texte.

— Mais enfin, de quoi je me…

Elle s'interrompit : Ibrahim ne l'écoutait pas.

— *Une expérience authentique… des émotions inoubliables*, lut-il d'un ton sarcastique. Quelle fumisterie ! Tu résides dans un palais, ta sœur est princesse, et tu envisages de faire un circuit touristique dans le désert ?

— Felicity n'a pas le temps de m'accompagner.

— A cause de Jamal ?

— Non. Karim se rend dans l'ouest du pays aujourd'hui pour… je ne sais pas pourquoi, se rattrapa-t-elle.

Elle s'était souvenue *in extremis* que sa sœur lui avait demandé d'être discrète sur les activités sanitaires de Karim en faveur des Bédouins. Elle avait failli vendre la mèche !

— Il a demandé à Felicity de venir avec lui, conclut-elle.

— Tiens donc ! Et tu n'as pas été intronisée nounou jusqu'à son retour ? ironisa-t-il.

— Elle a essayé, mais… j'ai refusé, admit Georgie en rougissant. Quand j'ai compris qu'elle serait occupée les jours prochains, je lui ai dit que j'avais des projets de mon côté.

— Tu es une bien mauvaise tante, s'amusa Ibrahim.

— Très bonne, au contraire. Je suis sa tante justement, pas sa nounou. Mais j'ai un peu mis la charrue avant les bœufs et du coup, je dois concrétiser ce voyage, maintenant, conclut-elle avec une petite grimace.

— Tu ne peux pas faire une telle excursion. Ce serait comme si je t'invitais à dîner et que je commandais une pizza. Je vais t'emmener.

Il frémissait encore de colère après l'altercation avec son père ; il avait la bougeotte et se sentait déjà à l'étroit dans le palais. L'idée de quitter les lieux le séduisait.

— Je ne sais pas si c'est une bonne idée, objecta Georgie, qui pensait à la réaction probable de Felicity.

— Mais si, elle est excellente au contraire ! Tu as envie de voir le désert, et moi aussi je dois m'y rendre. Cela tombe bien.

Deux jours passés à Zaraq lui avaient suffi pour comprendre que sa place était ailleurs. Il allait procéder de même avec le désert, se confronter à ses démons en quelque sorte, pour se prouver qu'il ne le craignait pas. Ensuite, il mettrait la plus grande distance possible entre ce maudit pays et lui.

— Je vais demander qu'on nous prépare deux montures, décréta-t-il.

— Non merci ! répliqua Georgie dans un sursaut. J'ai pris une seule leçon d'équitation dans ma vie, et c'était il y a dix ans. Je préfère mon minibus climatisé.

— Bon… Je conduirai, dans ce cas.

— Ecoute, je ne pense pas que ma sœur…

— Tu vas devoir me promettre une chose, poursuivit-il sans tenir compte de son objection. Interdiction de me toucher. Sinon, nos âmes seront liées pour l'éternité. C'est la loi du désert.

Comme elle lui jetait un regard interloqué, il ajouta :

— Je plaisante, bien sûr. Qui peut croire à ces sornettes ? Et regarde mes parents : le désert les a unis et cinq mille kilomètres les séparent.

— Tu te crois irrésistible à ce point ? rétorqua-t-elle, piquée au vif. Je pense pouvoir me contenir.

— Menteuse. De toute façon, je te réserve pour Londres.

Georgie resta bouche bée face à tant d'arrogance. L'attitude d'Ibrahim aurait dû l'exaspérer mais son cœur, le traître, s'était mis à battre plus vite. Elle s'humecta les lèvres.

— Tu peux tout de suite appeler ta sœur pour lui annoncer que tu vas te rendre dans le désert, poursuivit-il. Avec le plus expérimenté des guides.

Elle ne protesta pas. Elle se savait déjà vaincue. Comment refuser pareille opportunité ? Néanmoins, elle se sentait un peu coupable…

— Et si Felicity apprend que je suis partie avec *toi* ?

— Il n'y a aucune raison.

— Les domestiques…

— Tu vas grimper ni vu ni connu dans ma voiture. Je vais demander à ce qu'on me prépare un pique-nique. Les cuisiniers prévoient toujours pour six personnes, ce sera bien suffisant.

— Tu es sûr ?

Ibrahim prit une longue inspiration. Il n'était plus sûr de rien.

Il s'apprêtait à partir en compagnie de cette femme, contre laquelle son frère l'avait mis en garde à plusieurs reprises ; une femme versatile, instable, qui ne s'attirait que des ennuis.

Et dans le désert, ils ne pourraient même pas conclure cette affaire qu'il considérait toujours en suspens. Même s'il prétendait se moquer des rites ancestraux, il ne voulait pas franchir certaines limites. Il ne se l'expliquait pas, mais c'était ainsi.

— J'aimerais passer la journée avec toi, dit-il simplement.

C'était la seule chose dont il était sûr.

8.

Ibrahim fronça les sourcils en voyant la tenue que Georgie avait prévue pour leur excursion dans le désert : pantacourt, t-shirt, sandales.

— Va plutôt emprunter une djellaba dans les affaires de ta sœur.

— Pourquoi ? Sur le site de l'agence de voyages, ils disaient…

— Je ne t'emmène pas faire une virée touristique, coupa-t-il Tu vas découvrir le vrai désert. Et il brûle.

— Ne t'inquiète pas, je suis couverte d'écran total.

Il capitula dans un soupir :

— Bon… Ne viens pas te plaindre à 3 heures du matin. Ou plutôt si, je t'accueillerai à bras ouverts ! se reprit-il avec une mimique cocasse. Mais n'espère pas de la compassion.

Georgie retint un sourire. N'étaient-ils pas en train de flirter ? se demanda-t-elle. Elle allait passer toute une journée avec lui dans le désert. Elle n'aurait même pas osé en rêver, ni surtout l'imaginer vêtu de la sorte…

Avec sa longue robe blanche aux pans amples et le keffieh noir et blanc qui lui ceignait la tête, il était sublime et… très sexy. Elle n'avait encore jamais vu cet Ibrahim-là. Et il faisait tambouriner son cœur dans sa poitrine.

— Quoi ? demanda-t-il alors qu'elle le fixait, incapable de cacher l'attrait qu'il exerçait sur elle.

— Cette tenue… il faudra la ramener à Londres.

— D'accord, ce sera la première chose que je mettrai dans ma valise.

Ils échangèrent un nouveau sourire. Cette fois, plus personne n'aurait pu nier qu'ils flirtaient.

Ils roulèrent une bonne centaine de kilomètres avant que la route devienne piste, qui elle-même disparut totalement. Ibrahim conduisit la Jeep à travers les dunes, tel un surfeur qui affronte les vagues, les unes après les autres.

Il se gara enfin près d'un grand canyon aux parois duquel s'accrochaient quelques broussailles.

— Prends la couverture, j'amène le panier de pique-nique, dit-il à Georgie avant de descendre.

Elle regardait autour d'elle, un peu déçue. Peut-être était-elle trop exigeante ? Il ne fallait pas s'attendre à trouver des danseuses du ventre dans les parages ! Néanmoins, elle avait rêvé d'une atmosphère moins aride, plus sensuelle et majestueuse. Ici, il n'y avait… rien. La chaleur était caniculaire. On ne voyait que du sable à perte de vue.

— Dans quelle direction est le palais ?

— Par là, répondit Ibrahim en lui montrant l'horizon.

Après avoir étendu la couverture à l'ombre de la Jeep, il tira du panier une Thermos qui contenait du thé glacé à la menthe. Georgie en accepta un verre. C'était délicieux et rafraîchissant, mais elle ne s'habituait pas à la désolation environnante.

— Tu aurais voulu des chameaux ? se moqua Ibrahim quand elle se fut ouverte à lui.

— Pourquoi pas ? Et j'aimerais rencontrer des habitants du désert.

— Nous en croiserons peut-être, mais la plupart vivent encore plus loin dans les terres.

— Quelle est cette épidémie qui s'est propagée chez les Bédouins ?

— Un virus. Une fois traité, le malade guérit rapidement. La plupart des Zaraqi ont été vaccinés mais hors de la ville, ce n'est pas si simple. A l'Ouest, on ne trouve quasiment rien. Cette zone est accessible seulement par hélicoptère. Il n'y a pas de routes, pas de point de réapprovisionnement en carburant…

— Les conditions de vie doivent être très dures, non ?

— Oui. Voici une dizaine d'années, nous avons rencontré les chefs de tribu pour leur proposer de construire des routes, des dispensaires… Ils ont refusé cette modernité. Ils veulent à tout prix préserver leur mode de vie. Alors nous concentrons nos efforts sur les villes.

Il remarqua qu'elle changeait de position sur la couverture. Son pantacourt, qui collait à sa peau moite, ne devait pas être très confortable. Ses bras et ses pommettes rosissaient déjà. Plutôt que de triompher d'un « je te l'avais bien dit ! » il alla chercher dans la voiture une longue étole en cotonnade, qu'il noua autour de la tête de Georgie, en prenant soin de laisser pendre les pans sur ses épaules.

— Merci. La prochaine fois je t'écouterai, soupira-t-elle, contrite.

Elle le regarda étaler sur du pain du fromage frais, épais, mais secoua la tête lorsqu'il lui tendit la tartine.

— Désolée, je n'aime pas le fromage de chèvre.

— Tu connais celui qu'on vend dans les grands magasins, pas celui-ci. Fais-moi confiance.

Il plaça la tartine devant sa bouche. Un geste que Georgie ne tolérait de personne. Même si elle était guérie, certaines limites demeuraient : personne ne la forçait à manger quoi que ce soit.

Mais les yeux noirs d'Ibrahim la caressaient et, sans même s'en rendre compte, elle mordit dans le pain. Elle découvrit alors sur sa langue la saveur à la fois corsée et subtile du fromage, qui ne ressemblait en effet en rien à ce qu'elle connaissait.

— C'est délicieux, reconnut-elle.

— Les chèvres se nourrissent presque exclusivement de thym, ce qui donne un parfum unique au fromage. Celui-ci est une rareté.

Enhardie, Georgie goûta plein de choses inconnues, en particulier des fruits dont elle n'avait jamais entendu parler, séchés au soleil du désert. Protégée par l'étole, elle souffrait moins de la chaleur. En compagnie d'Ibrahim, elle ne se sentait plus effrayée par l'immensité du désert.

— Tu comprendrais encore mieux ce qu'est le désert si je te laissais seule ici, dit-il en souriant.

— Quelle idée ! Je périrais de peur ; ou d'ennui…

— Quand j'avais quatre ou cinq ans, mon père m'a emmené ici faire un pique-nique. J'étais comme toi, je m'ennuyais à mourir…

— Non, je ne m'ennuie pas avec toi, protesta-t-elle.

— Je trouvais que l'endroit n'avait rien de bien intéressant, poursuivit Ibrahim. Puis mon père est remonté dans la Jeep et son chauffeur a démarré. Ils sont partis. J'ai cru qu'ils m'avaient oublié, que c'était une erreur, mais non. En réalité, il a fait vivre cette expérience à chacun de ses fils.

— Ils t'ont abandonné dans le désert ? s'écria Georgie, outrée.

— J'étais surveillé à distance, mais je n'en savais rien. Cette épreuve est destinée à aguerrir les enfants. On se retrouve en tête à tête avec le désert. On apprend à le craindre.

— Et alors ? Cela t'a rendu plus fort ?

— Non, dit-il en riant. J'ai pleuré, je me suis assis et j'ai pleuré plus fort encore, jusqu'à me faire vomir. Et j'ai appelé ma mère de toutes mes forces. Plus tard, j'ai encore pleuré quand mon père m'a fouetté en me reprochant ma faiblesse.

— C'est terrible ! murmura Georgie. On ne fera pas subir ça à Azizah, j'espère ?

— Non.

— Et s'ils ont un garçon un jour ?

— Non plus. Tu imagines la réaction de ta sœur ?

Ils éclatèrent de rire simultanément.

— Mais si tu veux, je peux reprendre la Jeep et te laisser ici toute seule savourer la puissance du désert, ajouta-t-il.

— Merci bien ! J'aimerais juste voir le coucher du soleil. Est-ce possible ?

Il secoua la tête.

— Il faudrait attendre plusieurs heures, en pleine chaleur. Tu n'es pas équipée pour ça. Mais… nous pouvons rejoindre la tente royale, dit-il soudain, comme l'idée lui traversait le cerveau. Là-bas, nous pourrons attendre le coucher du soleil. Je referai le plein d'essence et nous repartirons ensuite.

— Il y a des gens là-bas ?

— Bedra et son mari, qui s'occupent de tenir l'endroit toujours prêt à recevoir le roi ou les princes.

Ibrahim n'avait pas mis les pieds là-bas depuis des années. Et l'idée de retrouver cette tente ne lui plaisait qu'à moitié, pour des raisons qu'il ne tentait même pas d'analyser. En lançant cette proposition, il avait juste voulu faire plaisir à Georgie.

— Mais si Felicity…

— Quoi ? Tu as besoin de sa permission ? s'agaça-t-il.

A présent, il était fâché contre lui-même d'avoir cédé à cette impulsion subite. Il ne savait pas ce qui lui avait pris.

— Alors, tu veux y aller ou non ? lança-t-il, en espérant presque qu'elle allait refuser.

— Oui, bien sûr.

Ils rangèrent leurs affaires et remontèrent en voiture.

Ibrahim était visiblement de mauvaise humeur, sans que Georgie comprenne pourquoi. Ils roulèrent dans un silence tendu et elle finit par s'endormir, bercée par les cahots et le bruit du moteur, le front contre la vitre.

Lorsqu'elle s'éveilla, il faisait presque nuit. Le vent s'était levé et soulevait des gerbes de sable qui venaient cingler le pare-brise. Le ciel se confondait presque avec le terrain. Georgie constata qu'Ibrahim avait branché le GPS.

— C'est une tempête de sable ?

— Oui, nous sommes dedans depuis une heure environ. Désolé, tu vas louper le coucher du soleil.

La visibilité était si mauvaise qu'il avait dû ralentir considérablement l'allure. Jamais il n'aurait emmené Georgie dans le désert s'il avait su qu'une tempête se préparait, mais il n'en avait été fait nulle mention au bulletin météo du matin.

— Pourquoi nous arrêtons-nous ? s'étonna Georgie en le voyant couper le contact après avoir immobilisé la Jeep.

— Parce que nous sommes arrivés.

Elle plissa les paupières pour essayer de voir au-delà des volutes tourbillonnantes de sable. Enfin, elle crut discerner une masse sombre à une dizaine de mètres sur la droite.

— Attends-moi là, je vais venir te chercher, lui dit Ibrahim, qui avait débouclé sa ceinture.

— Non, je viens avec toi.

Sans attendre, elle l'imita, ouvrit la portière et sortit…

Une bourrasque la cueillit en pleine face et faillit la faire tomber. Le vent hurlait à ses oreilles. Elle voulut crier mais se retrouva la bouche pleine de sable. Incapable d'ouvrir les yeux, elle tourna sur elle-même, les mains tendues en avant et, totalement désorientée, chercha à tâtons la portière, qui avait été rabattue par les rafales. Ses mains ne rencontraient que le vide. La Jeep n'était pourtant pas loin. Et la tente… Elle ne la voyait plus. Elle ne voyait plus rien d'ailleurs, et commençait à suffoquer.

Allait-elle mourir ici, à quelques mètres d'abris potentiels, tout près d'Ibrahim ? C'était trop bête…

Soudain, son nez heurta quelque chose de dur. Elle comprit qu'il s'agissait du torse d'Ibrahim quand il referma ses bras solides sur elle, l'enveloppant dans les plis de sa dishdasha pour la protéger des assauts du vent.

Pas à pas, il la guida en direction de la tente, ce qui parut prendre une éternité. Puis il souleva un pan de toile et tout à coup, ils se retrouvèrent à l'abri, tandis que les mugissements de la tempête s'étouffaient brutalement.

Ibrahim se détourna le temps d'allumer une lampe à huile. Encore étourdie, Georgie toussa, s'essuya le visage.

Elle se figea lorsque le visage furieux de son guide lui apparut dans la lueur dorée grandissante.

— Quand je te dis d'attendre, tu obéis !

— Mais je voulais…

Elle s'interrompit. Qu'avait-elle voulu prouver au juste en n'obtempérant pas à sa consigne ? Qu'elle n'avait pas besoin qu'on lui ouvre la portière ? Qu'elle était une femme libre et indépendante ? Au milieu d'une tempête de sable, elle avait eu une réaction puérile et idiote.

— Es-tu stupide ou juste naïve ? Tu aurais pu mourir ! Le temps que je contourne la voiture, tu aurais pu te perdre ! Tu serais morte étouffée et je n'aurais rien pu faire, même à seulement quelques mètres de toi. *Tu comprends* ?

— Je suis… désolée, bredouilla-t-elle.

Il balaya l'air d'un ample geste de la main, comme s'il cherchait à chasser un insecte nuisible, et se détourna d'elle.

— Bedra ! Bedra ? Mais où sont-ils donc tous ?

S'étant muni d'une autre lampe, il s'enfonça dans les profondeurs de la tente, qui avait l'air vaste. Au passage, il alluma d'autres lampes, qui révélèrent peu à peu la beauté d'un lieu hors du temps.

Le sol était jonché d'épais tapis multicolores. Différentes pièces étaient cloisonnées par de grands pans de toile. Georgie repéra des tables, des guéridons, des coffres niellés et divers instruments de musique qu'elle ne connaissait pas.

C'était là le désert dont elle avait rêvé.

Tandis qu'Ibrahim visitait les pièces les unes après les autres, le regard de Georgie tomba sur une feuille de papier posée sur une commode.

— Regarde, il y a un mot. Du moins… je crois, dit-elle.

Il revint vers elle, se saisit du feuillet, puis parcourut rapidement le message écrit en arabe. L'incrédulité se peignit sur son visage.

— Bedra et son mari sont partis aider l'équipe itinérante de médecins ? Je ne comprends pas pourquoi : ils ne sont pas censés quitter la tente royale.

— Dans la mesure où Bedra est médecin, il me semble

logique que Karim l'ait recrutée dans son équipe, objecta Georgie.

A la mine abasourdie d'Ibrahim, elle comprit qu'il n'était pas au courant et regretta d'avoir parlé de manière inconsidérée.

Sous le sceau du secret, Felicity lui avait parlé du travail quasi clandestin que Karim effectuait au service des Bédouins. Elle lui avait expliqué le fonctionnement de la clinique itinérante et avait vitupéré que Bedra, diplômée en médecine, avait bien mieux à faire que de garder la tente royale.

Georgie était partie du principe qu'Ibrahim était au courant, contrairement au roi. N'était-il pas le frère de Karim ? Manifestement elle s'était trompée.

— Tu racontes n'importe quoi, dit finalement Ibrahim dans un ricanement. Bedra n'est pas médecin, elle s'occupe de l'intendance.

Mais, au-delà des quartiers réservés aux domestiques et dans lesquels les membres de la famille royale ne mettaient jamais les pieds, ils tombèrent sur une infirmerie aussi bien équipée que n'importe quelle salle d'opération moderne.

Georgie ne put résister à la tentation :

— Es-tu stupide ou juste incroyablement naïf ?

Aussitôt, elle se demanda si elle n'était pas allée un peu trop loin. Ibrahim allait-il se fâcher ? Non. Avec un haussement d'épaules, il concéda :

— Visiblement, certaines choses m'ont échappé. Bedra est donc médecin ?

— Je n'aurais pas dû te le dire. J'espère que je ne vais pas créer d'ennuis à Karim.

— Comme si j'allais le trahir ! Ainsi, c'est pour cette raison qu'il est tout le temps dans le désert en ce moment ? Je me demandais s'il n'abusait pas un peu de la contemplation méditative.

Elle éclata de rire, mais se mit vite à tousser, la gorge irritée.

Ibrahim se rembrunit.

— Si j'avais su qu'une tempête de sable menaçait, jamais je ne t'aurais amenée ici.

— Cela arrive souvent ?

— Oui, mais celle-ci est particulièrement sévère.

— La tente pourrait-elle être arrachée ?

— Non. Elle est conçue pour résister à ce genre de phénomènes.

Georgie pensait à Karim et Felicity, qui se trouvaient en ce moment même quelque part dans le désert. Elle exprima son inquiétude à leur sujet.

— Tout ira bien, la rassura-t-il. Karim sait exactement quoi faire en de telles circonstances. Ils vont attendre que la tempête se calme, tout simplement, avant de reprendre l'hélico.

— J'aurais dû rester au palais pour m'occuper d'Azizah. Felicity va être aux cent coups.

— Comment pouvais-tu prévoir que sa mère serait retardée par une tempête ? Tu ne peux pas raisonner ainsi, Georgie.

Une bourrasque plus forte que les autres ébranla la tente. Les cordes grincèrent mais tinrent bon. Ibrahim savait qu'elles ne risquaient pas de craquer.

— Nous sommes bons pour passer la nuit ici, soupira-t-il.

Il n'avait pas prévu cette intimité forcée. Son regard passa sur Georgie. Elle avait un léger coup de soleil sur les joues, les cheveux pleins de sable et des habits tout chiffonnés. Cependant, elle lui plaisait plus que jamais. Il allait devoir faire preuve d'une absolue maîtrise pour ne pas céder à la tentation. Il ne connaissait pas le plaisir de la chasse, juste l'euphorie de la capture. Aucune femme ne lui avait jamais dit non. Sauf une.

Celle qui était là, face à lui.

Alors, la décision s'imposa à son esprit.

*
* *

Ibrahim plissa les yeux, excité. Oui, ce soir, il connaîtrait l'ivresse de la poursuite. Il ferait la cour à Georgie dans les formes, lui offrirait un dîner, ferait son grand numéro de charme. Mais sans conclure. Le désert avait sa loi, qu'il respecterait. Demain matin, ils assisteraient au lever du soleil, puis il emmènerait Georgie dans un hôtel pour cueillir les fruits délicieux de son entreprise de séduction. Il n'aurait même pas à tendre la main. Elle lui tomberait tout droit dans le bec.

Et peut-être même le supplierait-elle, songea-t-il sans pouvoir réprimer un sourire.

— Qu'y a-t-il ? demanda-t-elle.

— Rien. Je réfléchissais juste. Tu voulais connaître le désert, je vais te faire vivre une expérience authentique. Bedra a certainement laissé de la nourriture. Nous allons festoyer et demain, tu verras le lever du soleil. Viens, je vais te montrer la chambre d'amis.

Ils débouchèrent dans une zone protégée par de lourdes tentures. Le lit était si haut et profond qu'il aurait presque fallu un escabeau pour s'y jeter. Il était tendu de plaids douillets et jonché de coussins de satin aux couleurs vives. Un parfum riche et musqué flottait dans l'air, provenant sans doute d'huiles exotiques destinées à exciter délicieusement les sens.

— C'est magnifique ! s'extasia Georgie.

Ibrahim alla soulever un pan de soierie pour découvrir une sorte de dressing, où des serviettes de toilette et des vêtements étaient soigneusement rangés.

— Sers-toi de tout ce dont tu as besoin. Ce sont des affaires prévues pour les invités qui auraient été pris au dépourvu. La salle de bains est à côté, je te laisse te rafraîchir. Pendant ce temps, je vais m'occuper du repas.

Restée seule, Georgie découvrit la salle de bains parfaitement équipée, presque déplacée dans ce décor suranné. Avec un soulagement indicible, elle se débarrassa du sable qui semblait s'être infiltré partout dans ses habits, puis resta un bon moment dans l'eau du bain.

Ce fut la faim qui finalement la poussa à sortir.

Elle alla ensuite inspecter le contenu des étagères, où elle choisit une jolie tunique de soie bleu turquoise, dont le col en V s'ornait de fines broderies en fil argenté. Elle compléta la tenue d'un pantalon bouffant de soie banche.

Le miroir lui renvoya l'image d'une danseuse orientale, sensuelle, beaucoup plus sûre d'elle que la fille en queue-de-cheval et pantacourt qui avait quitté le palais.

Le désert avait-il la propriété de modifier la personnalité ? se demanda-t-elle, satisfaite par le reflet que lui rendait le miroir.

Sur le plateau de la coiffeuse, elle trouva des flacons de parfum, des produits cosmétiques, des crayons de khôl. Elle décida soudain de sortir le grand jeu. Elle voulait se faire belle pour Ibrahim.

Finalement, elle allait l'avoir, sa nuit dans le désert.

Dans la vie de tous les jours, les talents culinaires d'Ibrahim se limitaient à appeler son restaurant préféré pour énoncer les plats qu'il voulait se faire livrer et spécifier le nombre de ses invités.

A Londres, son frigo était approvisionné par sa gouvernante. Au palais, de temps en temps, il s'aventurait la nuit dans les cuisines pour discuter avec le chef cuisinier, pendant que celui-ci lui préparait un en-cas. Mais ici, au beau milieu du désert, il ne pouvait compter que sur lui-même.

Heureusement, Bedra était prévoyante et organisée. Dans le congélateur, il trouva des plats maison qu'il suffisait de réchauffer. Il eut donc tout loisir de se concentrer sur la table. Il s'appliqua à dresser le couvert avec une belle nappe, de jolies assiettes et des verres en cristal. Il n'oublia pas les bougies et l'encens, avant de gagner sa chambre pour se laver et se changer. Il se rasa également, ce qui lui arrivait rarement dans le désert. En son for intérieur, il s'avoua qu'il le faisait pour Georgie. Il se reprit aussitôt : non, il se préparait pour le lendemain.

Il n'était pas question de lui faire l'amour ici, dans cette tente où traditionnellement les princes de la famille royale amenaient leurs promises pour y sceller leur union.

Il rejoignit la pièce de vie.

Pourquoi Georgie mettait-elle tant de temps ? s'impatienta-t-il au bout d'un moment. Il avait faim et… Mais un peu d'impatience pimentait l'affaire, pas vrai ? Cela faisait justement partie du plaisir de la conquête.

Il ne fut pas déçu lorsqu'elle se présenta enfin, vêtue d'un ensemble qui alliait élégance et féminité, dans un style tout oriental. Il adorait la façon dont ce turquoise rappelait le bleu de ses yeux soulignés d'un trait de khôl noir. Sur ses paupières, une touche de gris argent la rendait mystérieuse. Sa longue chevelure laissée en liberté sur ses épaules avait formé des boucles naturelles. Sa peau avait rosi après le bain. Elle avait l'air d'une créature du désert, sensuelle, séductrice.

Soudain, il eut peur de ne pas pouvoir s'en tenir à ses belles résolutions. Jusqu'où pourrait-il aller sans céder lui-même à la tentation ?

La bouche rose de Georgie était comme un fruit mûr dans lequel il rêvait de mordre. Comment aurait-il le courage d'attendre jusqu'au lendemain ?

Elle s'assit en tailleur à même le tapis devant la table basse. Ibrahim l'imita. D'ordinaire, elle semblait toujours un peu sur la réserve au moment de se mettre à table, *a fortiori* à Zaraq, où elle ne savait pas en général ce qu'elle allait trouver dans son assiette. Mais ce soir, son regard bleu ne reflétait que de la curiosité. Si une petite veine palpitait sur sa gorge blanche, ce n'était pas par nervosité, mais pour une tout autre raison, devina-t-il.

Il était sûr désormais que son désir était partagé…

Dans la corbeille, Ibrahim prit un fruit : hybride entre une pomme et une pêche. Après une hésitation, Georgie fit de même. Elle s'apprêtait à mordre dedans lorsqu'il secoua la tête :

— Non, c'est le fruit du marula, cela se boit.

Il ôta la moitié de l'enveloppe extérieure, assez épaisse, qui révéla une chair blanchâtre, translucide. Puis, après avoir pressé la chair, il piqua dedans une paille et aspira une gorgée. Elle essaya à son tour. Le goût était suave, succulent.

Ils s'attaquèrent ensuite au plat, qui se révéla plein de saveurs, délicatement épicé, à peine pimenté : un ragoût d'agneau au riz basmati et aux amandes.

Georgie ne pouvait s'empêcher de fixer la bouche d'Ibrahim tandis qu'il mangeait. Ces lèvres pleines, charnues, elle aurait voulu les sentir glisser sur son corps. Et quand elle le vit mordre à belles dents dans les grains juteux d'une grenade et qu'un peu de jus rose coula sur son menton carré, elle frissonna.

Pour la première fois de sa vie, elle aurait voulu ne jamais quitter la table.

Lorsque le repas se termina, sa chair était brûlante. Elle se réfugia sur le canapé. Elle accepta un café en se disant que le breuvage corsé et amer l'arracherait peut-être à sa transe voluptueuse.

— Le problème avec les antiquités, dit Ibrahim en la resservant à l'aide du pot en émail qu'il connaissait depuis l'enfance, c'est qu'on ne les jette jamais. Du coup, rien ne change. Tout est immuable.

— Tu n'aimes pas cet endroit ?

— Si. Non. Enfin, ça dépend…

Elle lui jeta un regard perplexe.

— Je connais chaque recoin de cette tente, expliqua-t-il. Enfants, nous y venions souvent, à l'époque où la famille était unie et heureuse.

Il n'avait pas prévu de discuter, seulement de la séduire, la rendre folle de désir pour n'avoir plus qu'à conclure le lendemain. Or, il réalisa que Georgie, l'air de ne pas y touché, avait obtenu plus de lui. A mesure que la soirée se prolongeait, il s'était confié.

Au lieu de s'engager dans un bavardage mutin, truffé d'allusions et de phrases à double sens, il s'était retrouvé à aborder des sujets très sérieux, et même à raconter des choses qu'il n'avait jamais dites à quiconque.

Georgie ne se contentait pas de l'écouter, comme tant d'autres l'auraient fait. Elle s'impliquait et n'hésitait pas à donner son avis, même quand ils n'étaient pas d'accord.

— Tout a changé au départ de ta mère, c'est cela ? s'enquit-elle avec douceur, comme si elle ne voulait pas le brusquer sur ce thème douloureux.

Il hocha la tête et ferma brièvement les paupières. La question restait en suspens dans son esprit, le faisant réfléchir. Oui, quand sa mère était là, tout était différent. Leur père riait, les enfants jouaient, passaient la journée à chercher une rare fleur du désert pour que la domestique puisse la déposer sur le plateau de petit déjeuner de leur mère. Ahmed et lui avaient repéré une grotte qui se trouvait à deux heures de marche de la tente. Parfois, ils s'échappaient et couraient s'y réfugier. Les gardes royaux les retrouvaient au crépuscule et leur passaient un savon dont ils se moquaient éperdument.

A cette époque, en compagnie de son frère, il arpentait le désert sans peur. Tous deux avaient la témérité de la jeunesse et l'arrogance des princes.

— En fait, tout a changé à la mort d'Ahmed, laissa-t-il enfin tomber dans le silence de la tente.

Georgie l'avait emmené dans une zone périlleuse que lui-même ne se risquait jamais à explorer. Il ferma de nouveau les yeux et poursuivit d'une voix frémissant de colère :

— Pour lui, je serais monté sur le trône ; si seulement il me l'avait demandé ! S'il avait osé me confier ses peurs ! Au lieu de cela…

Sa voix s'éteignit. Il était incapable de pardonner à Ahmed ; son abandon avait tué une part de lui-même.

C'était si intolérable qu'il s'empressa de dévier le cours de la conversation :

— Longtemps, cette tente a été un terrain de jeux pour enfants. Puis, à dix-sept ans, les princes doivent passer un mois de solitude et de recueillement avant de faire leur service militaire dans l'armée royale. C'est une période de transition. Pendant trente jours, j'ai erré aux alentours de ce lieu. Seul, sans domestiques. Et cette fois, personne n'était dans les parages pour me surveiller de loin. On médite, on essaie de mieux se connaître, pour puiser en soi le courage nécessaire à l'ultime épreuve, au terme de ces trente journées : rejoindre le palais à pied.

— A pied ? s'indigna Georgie. A dix-sept ans ? Et tout cela pour intégrer l'armée, au bout du compte ? Eh bien, belle récompense !

— Entre-temps, on devient un homme. Et la récompense, c'est une femme aux yeux de biche qui vous attend au palais pour parfaire votre éducation dans... dans un tout autre domaine.

Georgie rougit et cilla, outrée :

— Oh... C'est révoltant !

Il eut un sourire amusé.

— Pourquoi ? Tout prince se doit d'épouser une vierge. Il est donc de son devoir de devenir un amant expérimenté. Mais avant d'être un maître, il faut bien être soi-même élève.

— Mais ça ne *s'apprend* pas ! protesta-t-elle. Je veux dire... il n'y a pas que le côté technique. L'amour, c'est surtout des émotions, une peau qui en reconnaît une autre, des choses intangibles, indéfinissables...

Elle s'interrompit. Ce qu'elle disait faisait affleurer dans sa mémoire des souvenirs brûlants. Les mains d'Ibrahim sur son corps, le goût de ses baisers, ses caresses étourdissantes. En quelques trop courtes minutes, elle en avait tellement appris sur elle-même ! Mais ce n'était pas son habileté qu'elle réclamait, c'était... *lui* !

Elle prit une profonde inspiration.

— Quand nous avons… Quand je t'ai empêché de continuer, le soir du mariage, ce n'était pas parce que…

— Je ne tiens pas à en parler, coupa-t-il.

— Mais je…

— Ne m'oblige pas à me répéter !

Georgie faillit répliquer tout aussi vertement, mais elle se contint. Irritée, elle reporta son attention sur un panier posé sur un coffre. Il contenait toute une collection de fioles et flacons de verre coloré. Ibrahim nota l'intérêt qu'elle leur portait et, radouci, expliqua :

— Ce sont des huiles médicinales. Elles n'ont rien de cosmétique, leurs vertus sont puissantes et…

— Je sais, c'est mon métier, lui rappela-t-elle.

— Il faut des années et des années de pratique pour maîtriser la sagesse de cette médecine ancestrale…

— … et sûrement pas un module de cours de quatre semaines, c'est cela ? le coupa-t-elle.

Elle se sentit triste tout à coup, car elle-même s'était posé la question et se demandait, face à ses clients, si elle était réellement compétente. Ses connaissances étaient superficielles, elle en avait conscience. Mais elle ne demandait qu'à apprendre.

— Tu crois à ce que tu fais ? demanda-t-il à mi-voix.

— Bien sûr ! Je suis passionnée. Je sais bien que je suis encore une béotienne, mais j'essaie d'apporter du bien-être aux gens dans la mesure de mes moyens.

— C'est déjà ça. Et cela mérite le respect. Je ne me moquais pas de toi. Je voulais juste dire qu'on peut toujours se former et s'améliorer. Heureusement ! Ces massages bienfaisants ne sont pas seulement une technique. Il y a une dimension spirituelle indéniable.

— C'est exactement mon avis, opina-t-elle. Lorsque je m'occupe d'un patient, je ne me sers pas seulement de mes mains et de mes huiles. Mon esprit tout entier est concentré sur les points d'énergie, les blocages, les douleurs…

— Montre-moi !

Georgie tressaillit. Il lui souriait, une lueur de défi dans ses yeux noirs.

Ibrahim retenait son souffle. Oserait-elle ? Bien sûr, c'était un jeu qui faisait partie de son entreprise de séduction. Mais il n'y avait pas que cela. Il avait l'habitude, à Londres, de se faire masser quand ses muscles endoloris le réclamaient, par exemple après une séance d'équitation particulièrement intense. Toutefois, même si son corps parvenait à se relaxer ainsi, son âme, elle, n'atteignait jamais la sérénité à laquelle il aspirait. Son esprit était en proie à des pensées trop confuses et contradictoires, qui lui interdisaient une vraie relaxation.

Or, il pressentait que, de ses mains douces et menues, Georgie pourrait lui procurer un réel soulagement. Il fit passer sa dishdasha par-dessus sa tête puis s'étendit sur le tapis, un coussin sous la nuque.

Georgie, la bouche sèche, reporta son attention sur le panier et entreprit de sélectionner les huiles dont elle avait besoin.

Il lui serait difficile de rester strictement professionnelle face à cet homme d'une beauté farouche, qui hantait ses rêves depuis si longtemps. Comment ne pas être troublée par ces larges épaules, ces pectoraux saillant sous la peau mate, ces abdominaux noueux, ces cuisses puissantes… Dieu merci, il avait gardé son boxer, mais elle n'était pas sûre d'empêcher son regard de dévier…

Le souffle court, elle emporta plusieurs flacons et s'agenouilla près de lui.

Doucement, elle fit couler un peu d'huile au creux de ses mains, qu'elle frotta afin de la réchauffer. Lorsqu'elle saisit le pied d'Ibrahim, elle perçut une légère résistance, comme s'il se cabrait par réflexe. Puis, alors que ses doigts lui pétrissaient doucement la plante des pieds, elle le sentit se détendre peu à peu, comme s'il se rendait enfin, sans qu'elle soit vraiment sûre de mériter sa confiance.

Elle se galvanisa mentalement. Elle avait peut-être une courte expérience, sa formation était certainement incomplète, mais dans la communion charnelle qu'elle tentait d'instaurer, elle était sûre de pouvoir lui apporter un apaisement, aussi fugace soit-il.

Elle sut qu'elle avait raison lorsqu'il poussa soudain un profond soupir, jailli du tréfonds de sa poitrine.

Ses mains remontèrent sur son mollet. Concentrée, elle détectait les tensions, s'activait à les traiter, sentait vibrer au bout de ses doigts l'énergie guérisseuse qu'elle voulait lui transmettre.

Le désert qui s'étendait autour d'eux la guidait, l'inspirait.

Elle utilisa de l'huile de lavande et de cyprès pour le travail sur les jambes, puis de l'huile de néroli et de géranium pour le ventre. Ses gestes étaient précis, assurés.

Finalement, elle se servit d'huile de mélisse — celle qu'il avait sentie sur elle cette nuit-là, sur le balcon et qu'il avait appelée *bals-min* — pour lui masser la nuque et les épaules.

Cette fois, elle le sentit se détendre entièrement, s'abandonner. C'était presque plus intime qu'une étreinte sexuelle.

Lorsque, enfin, elle laissa retomber ses mains sur ses genoux. Ibrahim rouvrit les yeux. Ils se dévisagèrent en silence.

Un instant, elle crut qu'il allait se redresser, chercher sa bouche, l'entraîner avec lui sur le tapis.

— Va te coucher, Georgie, lui dit-il dans un souffle. Bonne nuit.

9.

Ce fut la nuit la plus longue de toute son existence.

L'air épais semblait surchauffé et lui desséchait la gorge. Sa gourde d'eau fut bientôt vide. Georgie aurait voulu aller la remplir dans l'espace qui servait de cuisine, mais elle avait peur de quitter son lit.

Il lui semblait entendre une voix l'appeler : « Georgie. Georgie… »

Etait-ce Ibrahim ? Ou la voix trompeuse du désert ? Etait-elle en train de devenir folle ? se désespéra-t-elle en entendant soudain la voix se muer en gémissements furieux sur les flancs des dunes.

Ibrahim connaissait le désert, ses ruses, sa voix sournoise qui résonnait dans les crânes. Dents serrées, il résistait avec vaillance, alors même que l'image du visage de Georgie restait imprimée dans son esprit, que persistait la sensation de ses petites mains glissant sur son corps — cela le rendait fou…

Le lever du jour aurait dû lui apporter le soulagement après cette nuit blanche, mais les vents furieux continuaient de tournoyer autour de la tente, faisant tourbillonner le sable, masquant la clarté du soleil. Au petit matin, il faisait presque nuit.

Georgie se résolut à quitter sa chambre sur la pointe des pieds, comme si elle craignait que les éléments se déchaînent contre elle. D'une voix étouffée, elle appela Ibrahim. Il lui répondit aussitôt, preuve qu'il ne dormait pas lui non plus.

— Allons-nous partir bientôt ? demanda-t-elle à travers la cloison de toile.

— C'est impossible pour le moment. Il faut attendre une accalmie. Habille-toi et nous prendrons le petit déjeuner.

— Je n'ai pas faim.

— Alors retourne te reposer.

— J'ai peur, avoua-t-elle dans un élan, en dépit de la honte qui la taraudait. Ce bruit…

— Ce n'est que le vent.

— J'ai l'impression que le désert se moque de nous. Qu'il nous en veut. Tu as raison, je déteste cet endroit, moi aussi ! s'exclama-t-elle en frissonnant.

— Tu ne vas pas laisser de vieilles légendes te terroriser ?

Elle perçut la pointe d'humour dans sa voix. Après une hésitation, elle souleva le pan de toile. Ibrahim gisait sur son lit, un bras replié sous la nuque. Il lui fit signe d'approcher.

— Viens.

Elle se sentait trop mal pour refuser et courut se glisser sous les couvertures, dans la chaleur de ses bras. Sa chaleur rassurante l'environna.

— Tes parents ne te racontaient pas de légendes quand tu étais petite ?

Elle eut un petit rire.

— Non ! Ils n'étaient pas vraiment du genre à venir nous border le soir ni à nous raconter des histoires.

— Ils n'étaient pas très affectueux, on dirait… C'est pour ça que tu as fait des fugues ?

Il la sentit se raidir et poursuivit :

— C'est Karim qui m'en a parlé. Il ne m'a pas dit grand-chose de plus. Il a surtout évoqué l'enfance de Felicity, qui l'a rendue très méfiante vis-à-vis des gens. Ton père…

— … était un alcoolique, l'interrompit-elle. Il terrifiait ma mère. Même après sa mort, il a laissé son empreinte sur elle. Aujourd'hui encore elle est obligée de prendre des anxiolytiques et elle a peur de son ombre.

— Et toi ?

— Je ne le craignais pas. Je voulais juste m'échapper

de la maison, mais on m'y a toujours ramenée, articula-t-elle avec un ressentiment qui était toujours aussi vif. Mon père n'a jamais levé la main sur nous, donc les autorités ne trouvaient rien à redire à son comportement, apparemment. Sa cruauté était mentale. Nous vivions au rythme de ses colères et de ses exigences paradoxales, perverses. C'était le chaos…

Georgie ne put continuer, la gorge serrée. Elle ne voulait pas parler de cette époque cruelle, durant laquelle la seule chose qu'elle semblait un tant soit peu contrôler était la nourriture qu'elle portait à sa bouche.

Mais Ibrahim paraissait comprendre sans qu'elle ait besoin de s'appesantir. Sa main descendait le long de son bras, puis remontait doucement vers son épaule, dans un mouvement lénifiant.

Il allait l'embrasser maintenant…

Il tourna la tête et sa bouche s'immobilisa à quelques millimètres de la sienne.

— Qu'est-ce qui nous en empêche ? murmura-t-elle.

— Rien. La loi du désert n'est qu'une vieille légende. On dit qu'il unit jusqu'à la mort les couples qui s'aiment dans ses dunes, et regarde ce qu'il est advenu de mes parents…

— Mais leur amour n'est pas éteint…

— Ce sont des sornettes de vieilles bonnes femmes ! Je peux bien amener une fille dans le désert et lui faire l'amour, sans que nos destins soient irrémédiablement liés. Ce n'est que de la superstition !

C'est alors que sa bouche fondit sur la sienne.

Ibrahim sentit une immense paix l'envahir. Leur baiser n'avait rien de fébrile ou d'urgent, c'était un baiser qui prenait son temps, un baiser de découverte, plein de tendresse.

Avec un bonheur ineffable, Georgie retrouva la douceur de ces lèvres dont elle rêvait depuis des mois. Elle s'ouvrit à lui, lui permettant d'explorer sa bouche, de la savourer.

Au bout d'un moment, il en voulut plus et glissa la main sous l'ourlet de la chemise qu'elle avait enfilée pour la nuit ; il cueillit alors un sein au creux de sa paume. Mais, empêtré dans le vêtement, il n'avait pas la liberté voulue et, avec un soupir impatient, il déchira le tissu.

Il inclina la tête pour prendre dans sa bouche un téton durci. Georgie retint un cri de plaisir. Elle faisait courir ses doigts sur les épaules et le dos d'Ibrahim, retrouvait avec bonheur la dureté de ses muscles qu'elle avait si longuement massés la veille. Sa main glissa le long de ses abdominaux et eut un temps d'hésitation. Ce fut lui qui lui prit la main pour la guider.

Elle referma les doigts sur son membre raide et il poussa un grommèlement. Il glissa alors les mains sous ses aisselles et roula sur le dos, l'entraînant avec lui. Elle se retrouva à califourchon sur lui. Il reprit la pointe d'un sein dans sa bouche et la suça, tandis que les mains descendaient sur ses fesses. Les paumes calées sur son large torse, Georgie crut qu'elle allait s'évanouir tellement c'était bon. L'extrémité de l'érection d'Ibrahim titillait son clitoris ; elle se mordit la lèvre pour ne pas le supplier de la pénétrer.

Ibrahim se mordit la lèvre, fou de désir. Il attendait que le désert l'interpelle et lui ordonne de stopper, ou bien que Georgie se dérobe de nouveau. Mais le désert restait silencieux cette fois, et Georgie pressait sa féminité moite contre son membre en une invite explicite.

Il entra en elle, juste un peu.

Elle gémit et il sut qu'elle ne lui dirait plus jamais non.

A présent, les seules règles à suivre étaient celles de la nature.

Il s'enfonça plus loin, centimètre par centimètre. Il aurait voulu lui ôter cette chemise déchirée, mais ne pouvait se résoudre à lui lâcher les hanches. Ce fut elle qui se redressa pour se débarrasser du vêtement et le lancer au pied du lit. Alors, d'un profond coup de reins, il plongea en elle jusqu'à la garde.

Georgie poussa un cri, surprise par l'intensité de l'invasion. Son fourreau intime palpitait, enserrait son amant comme pour le retenir à jamais. Le plaisir montait déjà, intense, étourdissant, alors qu'ils ne bougeaient même pas.

Ibrahim la saisit soudain par la nuque pour attirer sa tête vers la sienne. Elle explosa au moment où leurs bouches se soudaient. L'orgasme déferla dans un éblouissement et, sentant Ibrahim s'arc-bouter sous elle, elle comprit que lui aussi atteignait l'extase.

Elle retomba sur lui, haletante ; ils demeurèrent un long moment ainsi, à reprendre leur souffle. Enfin, il la fit rouler sur le côté et elle put se blottir contre lui.

— Tout à l'heure, dit-il en lui embrassant l'épaule, je te ramènerai au palais. Puis je m'envolerai pour Londres.

— Tu pars ?

— Il le faut. Je dois parler à mon père au plus tôt. Il a pris l'avion hier pour l'Angleterre.

— Il est parti voir ta mère ? A cause de ce que tu lui as dit ?

— *En dépit* de ce que je lui ai dit, corrigea-t-il avec un rire amer, qui détonait dans leur étreinte complice.

— C'est toujours comme ça entre vous deux ?

— Oui. Il voudrait que je sois un fils respectueux, mais comment le pourrais-je ? Pourquoi ne lui rend-il pas sa liberté ?

— Je ne comprends pas… Elle vit à Londres depuis des années déjà.

— Peut-être, mais elle est toujours sa femme aux yeux de la loi. Elle lui a été infidèle, mais elle le regrette tant que depuis toutes ces années, elle n'a connu aucun autre homme.

— Mais… cela fait une éternité !

— Et cela va durer encore. Longtemps, il l'a complètement ignorée. Maintenant, il débarque chez elle à l'improviste, quand bon lui semble. Qui peut dire s'il aura le temps de passer le mois prochain, ou l'année prochaine ? Et elle serait censée l'attendre ?

— Pourquoi ne divorce-t-elle pas ?

— La notion de divorce n'existe pas à Zaraq. Aux yeux de la loi et du peuple, ma mère sera toujours sa femme, la reine. Rien ne peut séparer deux époux.

Il remarqua à peine que Georgie pâlissait tout à coup.

— Rien ne peut les séparer ? répéta-t-elle.

— Non, rien. On ne défait pas ce qui a été uni. C'est la loi du désert.

10.

La voix du désert s'était tue, et Ibrahim trouva enfin le sommeil.

Tendue, désorientée, Georgie se battait contre de sombres pensées. Même si la mentalité de ce pays lui échappait souvent, elle avait compris qu'aux yeux des habitants de Zaraq, elle était et serait toujours mariée.

Ibrahim y attacherait-il de l'importance ? Elle voulait se convaincre qu'il comprendrait. Pourtant, lovée dans ses bras, elle était incapable de le regarder en face. La honte l'envahissait. Elle avait l'impression d'être une menteuse.

A quel stade de leur histoire aurait-elle dû lui dire ? La veille ? Ou le jour du mariage de sa sœur ?

On ne confiait pas ce genre de détails à quelqu'un qu'on venait de rencontrer. Cependant, elle avait eu d'autres occasions, lui soufflait sa conscience, impitoyable.

La veille, elle avait essayé de le lui dire mais il n'avait pas voulu l'écouter. En définitive, elle en avait été soulagée, car elle redoutait ce qu'elle lirait sur son visage quand il saurait la vérité.

Le bras qu'il avait passé autour d'elle était à la fois tendre et possessif. Ses paroles avaient semblé promettre un avenir à leur relation. Pourtant, avec ce qu'il venait de lui révéler sur la loi du désert, ce futur ne se réaliserait jamais, elle le savait.

Elle sombra dans un sommeil peuplé de rêves chaotiques, de fioles d'huiles sacrées, de vents furieux et de rugissements de moteurs.

— Habille-toi !

La voix pressante d'Ibrahim la réveilla en sursaut.

— Quelqu'un arrive, reprit-il. J'ai entendu un hélicoptère.

Le bruit de moteur appartenait donc bien à la réalité ! Elle distinguait à présent le son caractéristique des pales. Tout proche. D'un bond, elle jaillit hors du lit, mit un temps fou à trouver sa chemise, l'enfila à la hâte avant de se précipiter vers sa chambre.

Alors qu'elle émergeait de derrière le pan de toile, elle se figea face à Karim et Felicity, qui venaient de pénétrer dans la pièce de vie.

Manifestement elle n'avait pas été assez rapide…

Georgie sentit ses joues s'enflammer et tourna un regard suppliant vers sa sœur. Felicity était blanche comme un linge.

— Tu profites bien de ta petite excursion ? grinça-t-elle. Où est donc ce guide expérimenté dont tu m'as parlé ?

Elle fut soulagée de voir Ibrahim — Dieu merci habillé de pied en cap — apparaître à son tour, l'air détaché et naturel.

— Ta sœur et moi comptions rentrer hier soir, Felicity. Mais avec la tempête…

— Assez ! coupa Karim, visiblement hors de lui.

Sans se démonter, Ibrahim reprit :

— Va t'habiller, Georgie, je vais te ramener au palais.

— Je t'avais prévenu ! s'écria Karim. Je t'avais dit de te tenir éloigné d'elle !

— Et j'ai décidé de ne pas t'écouter. Comment osez-vous arborer ces mines accusatrices et mettre ainsi Georgie dans l'embarras ? Karim, tu as oublié dans quelles circonstances tu as rencontré ta femme ?

Cette fois ce fut au tour de Felicity de rougir : les paroles d'Ibrahim lui avaient rappelé que c'est lors de sa première nuit de passion avec Karim qu'Azizah avait été conçue… Elle suivit cependant sa sœur dans sa chambre et ne se retint pas d'exploser :

— Comment as-tu pu, Georgie ? Ibrahim est mon beau-frère ! Tu es ici depuis quelques jours seulement et tu sautes dans son lit !

— Ça ne s'est pas passé comme ça…

— Oh ! je t'en prie !

— Dois-je te rappeler que tu n'as pas agi autrement avec Karim ?

— Nous n'étions pas à Zaraq ! Ici, il faut se conformer aux règles.

Georgie fulminait. Cette fois, elle en avait vraiment assez et ne put se retenir :

— Tu sais quoi ? Tu commences vraiment à leur ressembler ! Qu'est-il arrivé à ma sœur ?

— Elle a grandi ! cria Felicity. Je me conduis en adulte responsable, moi. Mais tu n'as jamais été très douée pour ça, pas vrai ? J'ai fait tout mon possible pour t'aider, et comment me remercies-tu ?

Georgie se souvint des paroles d'Ibrahim. Elle prit une profonde inspiration. Non, elle ne craquerait pas, ne s'effondrerait pas. Ce n'était qu'une dispute, une simple confrontation, dont elle ne devait pas avoir peur — et qui pouvait même se révéler salutaire.

— Je te suis très reconnaissante de ce que tu as fait pour moi. Je t'ai remerciée, je ne peux rien faire de plus. J'ai changé ; je ne suis plus la même personne. Ibrahim et moi, nous…

— Tu ne comprends donc pas que tout ça n'est qu'un divertissement pour lui ? Une façon de passer le temps pendant qu'il s'ennuie à Zaraq ?

— Je n'ai pas à me justifier, Felicity. Je suis adulte.

— Ecoute, je n'ai pas le temps de discuter de ça, s'exclama Felicity. Je dois me laver et me changer avant de repartir. Ils font le plein de l'hélico.

— S'il te plaît… J'ai besoin de te parler.

— Seigneur, tu as toujours *besoin* de quelque chose,

Georgie, mais tu ne rends jamais rien. Je te dis que je n'ai pas le temps. Il y a des gens malades ; Karim et moi devons retourner les voir. Ce que tu peux être égoïste ! Essaie de ne pas penser qu'à toi pour une fois !

Sur ce, Felicity sortit en coup de vent de la chambre, laissant Georgie ruminer sa colère et sa frustration. Comment sa sœur osait-elle débarquer pour la critiquer et lui adresser ces violents reproches ? Elle en avait marre de Zaraq et de ses coutumes soi-disant mystérieuses, qui s'appliquaient seulement quand cela arrangeait les gens.

— C'est la loi ! cria Karim. Seul le roi a le pouvoir de la changer. Si tu l'aimes, alors reste à Londres. Le monde entier t'appartient. Mais ici, dans ce pays, tu dois obéir aux règles !

— Alors je m'en vais, décréta Ibrahim, qui ne voulait pas entendre une énième fois le même sermon.

— Ce n'est pas si simple. Tu es un prince de sang. Une partie de ton peuple est malade ; Hassan est auprès de son fils. Le bébé a contracté une fièvre. Rien de grave, s'empressa d'ajouter Karim en voyant l'expression atterrée d'Ibrahim, mais il est très surveillé en raison de sa prématurité. La place de Hassan est à son chevet. Notre père est à Londres et moi, ma présence est réclamée dans le désert. Vas-tu vraiment te défiler alors que tout le monde attend que tu endosses le rôle de dirigeant, celui pour lequel tu es né ?

— Je ne me dérobe jamais, contra Ibrahim d'une voix rauque. Si tu me dis que tu as besoin de moi, je ferai mon devoir, jusqu'à ce que notre père revienne prendre les rênes du pays en main.

— Cela prendra peut-être du temps. J'ai parlé avec des conseillers, ils me suggèrent de fermer l'aéroport en raison de l'épidémie.

— Très bien. J'accepte de diriger le pays temporairement. Mais à une condition : que Georgie soit à mes côtés.

— Impossible ! se récria Karim.

— Elle est à moi désormais : le désert nous a unis. C'est la loi, n'est-ce pas ?

Karim s'exclama :

— Elle ne sera jamais tienne. Elle est mariée !

Il n'avait ressenti aucune jubilation à jeter cette nouvelle au visage de son frère, qui le fixait maintenant d'un air stupéfait et incrédule.

— En réalité, poursuivit Karim, elle est divorcée. Mais tu sais que cela n'a aucune valeur ici. Jamais tu ne pourras l'épouser.

Ibrahim gardait le silence. Chaque mot était comme un coup de couteau dans sa chair. Mais son esprit s'était mis en branle. Fébrile, il cherchait une solution.

— Elle pourra m'attendre à Londres, dit-il enfin.

— Comme notre mère attend notre père ? ricana Karim. Est-ce vraiment ce que tu souhaites pour elle ?

Lentement, Ibrahim secoua la tête.

— Alors, tu n'as qu'une seule chose à faire, conclut son frère. Rompre, et le plus vite possible. Ce n'est pas la peine de lui donner des espoirs qui ne se réaliseront jamais.

11.

— Tu t'occuperas d'Azizah, n'est-ce pas ?

Georgie fixa longuement sa sœur — le couple s'apprêtait à remonter dans l'hélicoptère.

— Tu la confies à une égoïste de mon acabit ? Tu n'as pas peur, ironisa-t-elle.

— Je suis désolée de t'avoir dit…, commença Felicity.

— C'est d'accord, la coupa Georgie. Tout ira bien.

Elle étreignit sa sœur, scellant leur réconciliation. Pour la première fois, Georgie eut l'impression d'être l'aînée.

— Toutes ces années, pendant que j'étais malade, je t'ai fait du mal, reprit-elle. Et j'étais trop fragile pour que tu puisses me le dire. A présent, je vais bien. Et il vaut mieux que les choses sortent.

Karim appela sa femme pour la presser. A regret, Felicity s'écarta.

— Ne t'inquiète pas pour moi, et ne t'inquiète pas non plus pour Azizah. Je m'occupe d'elle.

Felicity hocha la tête. Pourtant, à la vue de son mari qui serrait les mâchoires face à son frère silencieux, elle comprit que les ennuis n'étaient pas terminés. De toute évidence, Ibrahim *savait*…

Georgie regarda l'hélicoptère décoller, debout à côté d'Ibrahim. Elle agita la main en signe d'au revoir.

Enfin il murmura :

— Un appareil va venir nous chercher. Je dois retourner au plus vite à Zaraqa pour prendre la tête du pays en l'absence de mon père. La propagation de l'épidémie exige la prise de mesures drastiques. Il faut rassurer la population. Ce sont de lourdes responsabilités.

Elle lui effleura le bras.

— Tu vas très bien t'en sortir, j'en suis certaine. Et je t'aiderai de mon mieux.

— Toi ? fit-il d'un ton surpris, qui n'était pas exempt d'ironie.

— Oui.

— Quatre semaines de cours, et te voilà experte en gestion de crise ?

— Je ne postule pas à un emploi de conseillère technique ! répliqua-t-elle, piquée au vif. Alors tu veux bien coucher avec moi, mais pas me laisser t'épauler ?

— Le peuple n'acceptera pas ta présence.

Georgie leva les yeux au ciel.

— Je t'en prie ! Le peuple a parfaitement accepté Felicity. Evidemment, elle portait un enfant, un roi potentiel.

Comme Ibrahim fermait brièvement les yeux, elle précisa :

— Ne t'inquiète pas, ça ne risque pas de m'arriver : je prends la pilule.

C'était bien ce qui chagrinait Ibrahim. Cette fille glissait des préservatifs dans sa valise, au cas où. Elle faisait la queue devant les discothèques la nuit. Elle était divorcée.

Elle ne pourrait jamais être sa princesse.

Cela le mettait en rage et il était incapable de le cacher.

— Et laisse-moi deviner : tu prends la pilule pour raisons médicales ? articula-t-il, sardonique.

Georgie serra les dents. Elle aurait voulu le gifler. Où était passé l'homme qui l'avait tenue si tendrement dans ses bras ? Un sale type pétri d'arrogance et de cynisme l'avait remplacé.

Pourquoi ? Que s'était-il passé ?

*
**

Le trajet en hélicoptère jusqu'à la capitale ne prit guère de temps. Heureusement, car il s'effectua dans un silence chargé de rancœur.

Dès qu'ils pénétrèrent dans l'enceinte du palais, une nuée de ministres et de conseillers, qui attendaient Ibrahim, l'encerclèrent. Apparemment, un conseil était sur le point de débuter.

Rina fit son apparition et s'adressa à Georgie en arabe. Indécise, celle-ci jeta un regard à Ibrahim, qui daigna lui traduire la question :

— Elle demande si tu souhaites dormir dans la chambre adjacente à la nursery et s'il faut y déménager tes affaires personnelles.

— Oui, ce serait mieux, acquiesça-t-elle. Peux-tu le lui dire de ma part ?

Rapidement, il donna des instructions à la nounou et à la servante qui l'accompagnait.

— Voilà, tout est arrangé. Je leur ai demandé de transférer les affaires de Mme Anderson, dit-il d'une voix sifflante.

Georgie tressaillit. Cette fois le doute était levé : il savait qu'elle avait été mariée. Cela expliquait son brusque changement d'humeur. Un instant, elle éprouva une bouffée de colère envers sa sœur, qui avait mis Karim au courant. Puis elle se rendit compte qu'en réalité, sa colère était dirigée contre elle-même.

— Finalement, est-ce « madame » ou « mademoiselle » ? demanda Ibrahim, qui se raccrochait encore à l'espoir que son frère se soit trompé.

— C'est « madame », articula-t-elle.

Elle eut le temps de lire le mépris dans ses yeux avant de détourner la tête.

C'était elle qui aurait dû le lui annoncer. Au moins elle aurait pu s'expliquer, clarifier la situation. A présent, elle doutait d'en avoir jamais l'occasion.

— Ibrahim…

Elle s'interrompit. Il y avait trop de gens autour d'eux, elle ne pouvait pas discuter librement d'un sujet aussi intime.

— Pouvons-nous parler ? reprit-elle à voix basse. Juste un instant. S'il te plaît.

Il ricana.

— Parler ? Je n'ai rien à te dire, Georgie.

12.

Georgie aurait voulu se rouler en boule sur son lit et pleurer toutes les larmes de son corps, mais elle devait avant tout penser à Azizah.

Sa nièce n'aimait pas boire au biberon, n'avait pas l'habitude des bras maigres de sa tante et pleura une bonne partie de l'après-midi — et de la soirée aussi.

La petite était enfin en train de s'assoupir, alors que Georgie tentait depuis des heures de l'endormir en la berçant et en arpentant le salon familial, quand Ibrahim revint d'une visite de la caserne.

A sa vue, elle sentit son cœur s'emballer. Elle n'eut pas le temps de s'éclipser : Hassan déboula pour se porter à la rencontre de son frère.

— Pourquoi as-tu fermé l'aéroport ? Tu aurais dû m'en parler au préalable ! s'écria-t-il, furieux.

Georgie se réfugia sur un canapé, le plus loin possible des deux hommes.

— Tu étais auprès de ta femme et de ton fils, rétorqua posément Ibrahim. Ta place est avec eux en ce moment. Quant à moi, je suis tout à fait capable de gérer les problèmes en cours.

Il n'était sans doute pas convenable d'interrompre deux princes quand leur pays traversait une crise majeure, mais le palais était quand même bien assez vaste pour qu'ils aillent se quereller loin des oreilles sensibles de leur jeune nièce.

Georgie rassembla donc son courage et apostropha

doucement les deux hommes en montrant Azizah, qu'elle tenait dans ses bras :

— Excusez-moi… elle est en train de s'endormir.

— Eh bien emmène-la dans la nursery ! suggéra Ibrahim d'un ton excédé.

Une domestique à la mine soucieuse entra alors et tendit un téléphone à Hassan, qui prit la communication. Georgie décida de ne pas fuir. Elle se planta devant Ibrahim et chercha son regard.

— Tu as eu une dure journée de travail, *chéri* ? demanda-t-elle, en accentuant le dernier mot de manière sarcastique. Tu veux que je fasse disparaître les enfants ?

Ibrahim vivait un véritable enfer. C'était insupportable de voir Georgie si proche et de ne pouvoir poser les mains sur elle. Il s'était presque laissé aller à tomber amoureux… juste avant d'apprendre quel genre de femme elle était.

— Je préférerais que *tu* disparaisses ! riposta-t-il avec hargne.

Hassan tendit le téléphone à son frère :

— C'est notre père, il voudrait te parler.

Georgie hésita un quart de seconde. C'était le moment de tourner les talons, de s'évaporer comme le souhaitait Ibrahim. Sauf qu'elle voulait savoir ce qui se passait et être à ses côtés pour l'affronter, même s'il s'y refusait.

Elle perçut la voix furibonde du roi, sans discerner ses propos. Ibrahim lui répondit avec calme, tandis que Hassan faisait nerveusement les cent pas dans le couloir.

— J'ai pris conseil auprès des anciens et des ministres, père. Apparemment tu étais au courant depuis un moment et tu n'as rien fait… C'est le peuple, la priorité. Sûrement pas tes horaires de vol, pas plus que l'ego de Hassan. Il est préoccupé par son enfant qui vient de naître et c'est normal… Non, je suis capable de prendre la relève et d'assumer ses fonctions dans l'intervalle. Je rentre tout juste de la caserne. L'armée va monter un hôpital mobile dans la zone ouest du pays. L'aéroport ne rouvrira pas tant que l'épidémie ne sera pas jugulée… Ecoute, si tu estimes que je ne suis pas à la hauteur de la tâche, si ton jet se pose quand même sur la piste au mépris de mes consignes, je te rendrai volontiers le pouvoir. Et je quitterai Zaraq dans la foulée, conclut-il, en posant le regard sur Georgie.

Ibrahim raccrocha et se tourna vers Hassan :

— Et toi, c'est la même chose. Soit tu t'en remets à moi, soit tu reprends les rênes. Je ne vais pas appeler la clinique chaque fois que j'ai une décision à prendre. Alors, que décides-tu ?

— Le peuple a besoin…

— … d'un dirigeant qui sait ce qu'il fait. Si tu penses être irremplaçable, téléphone tout de suite à Jamal pour lui dire que tu pars séance tenante dans l'ouest, comme je m'apprête à le faire, afin d'analyser la situation et prendre les mesures qui s'imposent. Et tant que tu y es, appelle un bon pédiatre. Nous avons tous été vaccinés, mais je ne suis pas certain qu'on te laisserait côtoyer un prématuré.

Hassan pâlit.

— Alors ? insista Ibrahim, impitoyable. Décide-toi. Parce que si quelqu'un me relève de mes responsabilités, je vais de ce pas au casino.

Georgie ne doutait pas une seconde qu'il le ferait ; par la même occasion, il se jetterait dans les bras d'une autre femme, n'importe laquelle. Il était furieux, et elle était responsable de son état.

Hassan avait recouvré son sang-froid. Manifestement les paroles de son frère avaient fait mouche.

— Tu as toute ma confiance, dit-il. Je te remercie de prendre les choses en main avec une telle fermeté. Je retourne voir ma femme et mon fils.

Il souhaita bonsoir à Georgie d'un signe de tête avant de se retirer.

— C'était un coup bas, murmura Georgie pour ne pas réveiller Azizah qui dormait dans ses bras.

— Non, c'était du bon sens, rétorqua Ibrahim. Un nouveau-né ne doit pas être mis en contact avec un virus, *a fortiori* s'il est prématuré.

La vue de la petite dans les bras de Georgie avivait sa douleur. Ce matin encore, il caressait l'espoir d'un nouvel avenir ; l'espace d'un instant, la perspective de céder à l'appel du désert et de tenir son rôle de prince lui avait paru envisageable, du moment que Georgie était à ses côtés.

— J'ai du travail, déclara-t-il avec brusquerie.

— Ibrahim, il faut que nous parlions…

— Je n'ai pas le temps.

— Je t'en prie, dit-elle d'un ton suppliant. Mon mariage, c'était il y a longtemps et…

— … et c'est irrémédiable ! coupa-t-il, péremptoire.

— Parce que tu t'estimes parfait, au-dessus de tout reproche ? Personne ne l'est. Et je ne comprends pas pourquoi cette erreur de jeunesse devrait tout changer entre nous.

— C'est ainsi.

— Ce mariage n'a duré que quelques semaines. J'avais dix-neuf ans. Je vivais l'enfer à la maison. J'étais retombée dans l'anorexie et j'avais perdu mon emploi. J'ai rencontré cet homme, il avait l'air gentil…

— Tu l'as épousé parce qu'il était *gentil* ?

— Il y a de pires raisons. Il était plus âgé, je le trouvais rassurant, attentionné. J'ai vite découvert qu'il était alcoolique et manipulateur, comme mon père. En fait, j'ai reproduit exactement le même schéma à mon insu.

— Tu crois que cela va me soulager de savoir que tu as fichu en l'air notre possible histoire pour un ivrogne ?

— Mais cette histoire remonte à plusieurs années ! Je sais que le divorce n'existe pas à Zaraq ; mais à Londres, je ne suis qu'une divorcée parmi tant d'autres…

— Et moi je suis prince ! chuchota Ibrahim, furieux.

— Pas là-bas.

Il eut un geste qui traduisait sa frustration. Elle ne comprenait pas qu'il la sauvait d'elle-même. Bien sûr, elle pouvait être sa compagne, à Londres. Mais il songeait à sa mère, assise des heures devant le téléphone, à attendre vainement qu'il sonne. Une famille devait être réunie, sinon à quoi rimait la vie quand un mari passait son temps loin de son épouse et qu'il avait des enfants éparpillés aux quatre coins du monde, déchirés entre leurs deux parents ?

Non, il ne pouvait pas infliger cela à Georgie.

Alors, il fit ce que lui avait recommandé son frère et prononça les mots qui lèveraient toute ambiguïté dans son esprit :

— Je suis prince, je ne me satisfais pas d'article de seconde main. La fiancée qu'on me choisira saura exactement ce qu'on attend d'elle. Elle saura se tenir. Elle ne hantera pas les discothèques, n'aura pas de préservatifs dans ses valises et ne sera pas divorcée.

Si elle n'avait pas tenu Azizah dans ses bras, Georgie aurait giflé le sale mufle qui lui faisait face. Elle tremblait de chagrin et de fureur. Elle soutint le regard flamboyant d'Ibrahim en retenant ses larmes de toutes ses forces.

— En revanche, reprit-il, si jamais tu t'ennuies un soir à Londres, tu n'auras qu'à me passer un petit coup de fil et…

— Jamais !

— Dans ce cas, tout est fini.

— Tu es le dernier des salauds, articula-t-elle.

— Quand je le veux, oui, convint-il avec un haussement d'épaules. Maintenant, peux-tu faire ce que je suggérais tout à l'heure : emporter cette gamine dans son lit et disparaître de ma vue ? J'ai un pays à diriger.

[illegible] quand et qu'il ayant des enfants, car ils [illegible]
[illegible] deux parents ? [illegible] Il ne pouvait pas infliger cela à George.

[illegible] ce que [illegible] recommandé [illegible]

[illegible] pas d'arrêter de [illegible] La France [illegible]

[illegible] George [illegible]

— [illegible]

— Dans ce cas, nous [illegible]

— Il est le dernier des [illegible], murmura-t-elle.

— Quand je [illegible] couvent [illegible] pensé. Maintenant, je [illegible] que [illegible]

13.

Ibrahim n'avait pas une minute à lui.

On le réclamait partout, il fallait réfléchir, vite et bien, prendre les bonnes décisions, répondre aux questions, rassurer, encourager.

Après un bref séjour dans le désert, où il avait été témoin de la souffrance de la population bédouine, il dut organiser une conférence de presse et affronter les journalistes avides de réponses. On lui fit remarquer que le tourisme risquait de pâtir de la fermeture de l'aéroport. Il rétorqua que les vacanciers étrangers n'avaient aucune envie de visiter des campements fantômes.

Sa prestation réduisit ses détracteurs au silence. Pour autant, il ne connaissait pas de répit car, chaque nuit, il dormait seul. Il n'était pas tenté de chercher l'apaisement dans les bras d'une femme de passage. Une seule lui manquait.

Celle qu'il ne pourrait jamais avoir.

Georgie et lui se croisaient parfois dans les couloirs du palais. Ils se saluaient alors d'un signe de tête, mais ne s'étaient pas reparlé depuis leur altercation.

Un matin cependant, Jamal et Hassan s'étaient échappés de la clinique pour venir prendre le petit déjeuner en leur compagnie ; ils furent bien obligés de se mettre à table ensemble.

— Karim a appelé. La situation s'améliore et il a annoncé le retour prochain de Felicity, dit Ibrahim en prenant une mangue dans la corbeille de fruits.

— Et l’aéroport ? demanda vivement Georgie.

— Je dois rencontrer les experts médicaux aujourd’hui. Ils ont proposé d’imposer la vaccination à tous les visiteurs.

Il laissa exprès sa phrase en suspens, en se disant que Georgie allait peut-être donner son avis sur la question. Elle ne réagit pas.

— Dès que les nouvelles directives auront été mises en place, le trafic aérien pourra reprendre, continua-t-il. Peut-être même dès demain, mais rien n’est sûr.

Le regard de Georgie se posa sur une grenade dans la corbeille. Elle aurait pu s’en saisir pour tourmenter Ibrahim, lui rappeler leur dîner dans le désert et d’autres souvenirs brûlants qu’il préférait visiblement oublier ; toutefois, elle était encore trop ulcérée et malheureuse pour jouer à ce genre de petit jeu. Elle voulait juste rentrer chez elle le plus vite possible.

— Tu vas au moins rester jusqu’à ce que je ramène le bébé à la maison, Georgie, plaida Jamal. Ce sera un jour de fête.

Elle lui sourit gentiment, sans toutefois rien lui promettre.

Ils achevèrent leur petit déjeuner, puis Jamal et son mari repartirent pour la clinique. Ibrahim se retrouva seul à table avec Georgie.

— Tu ne vas pas partir au moment où Felicity revient ? lui demanda-t-il.

— Nous nous verrons une autre fois. Ce n’est manifestement pas la bonne période, rétorqua-t-elle avec un haussement d’épaules.

— Mais nous sommes en train de vaincre la maladie, et de grandes réjouissances vont être organisées.

— Je ne suis pas d’humeur à faire la fête.

Il soupira.

— Georgie, nous devrions… parler.

— De quoi ?

Il n’en savait rien. Il savait juste qu’elle lui manquait.

— Pourquoi pas ce soir ? insista-t-il. Quand tout sera calme, si tu veux venir…

— *Jamais* ! protesta-t-elle entre ses dents. Tu n'as donc pas compris ce que je t'ai dit l'autre jour ?

Elle n'en revenait pas. Ainsi, il pensait pouvoir la traîner dans la boue, la traiter comme une moins-que-rien, la sommer de disparaître puis claquer des doigts pour qu'elle accoure et saute dans son lit ?

Et le pire, c'est que cette idée provoquait quand même chez elle un frisson de désir.

Jetant sa serviette sur la table, elle se leva et ébaucha un mouvement vers la sortie.

— Georgie ! la rappela Ibrahim. Je n'ai pas fini.

— Oh ! le prince n'entend pas libérer son sujet, c'est ça ? ironisa-t-elle, furibonde néanmoins. Et, peut-être faudrait-il en plus que je fasse la révérence ? Tu l'as dit toi-même, Ibrahim : tout est fini entre nous, puisque je suis une divorcée. Quelle était l'image que tu as employée, rappelle-moi ? Ah oui, un *article de seconde main*.

— Que cela te plaise ou non, nous sommes ensemble ici, argua-t-il.

Ibrahim voulait juste discuter, mais la jeune femme était trop en colère pour le comprendre.

— Pas pour longtemps, lança-t-elle. Felicity rentre demain.

— Il n'est pas certain que l'aéroport rouvre d'ici là.

— Tant pis, je nagerai s'il le faut !

Georgie passa le reste de la journée à faire sa valise, entre deux réveils d'Azizah. Elle essayait de ne pas penser à Ibrahim. Le soir venu, la curiosité l'emporta et elle ne put s'empêcher d'allumer la télévision pour zapper de chaîne en chaîne à la recherche des bulletins d'informations sous-titrés.

Même si elle ne comprit pas tout, elle vit que le calme était revenu depuis que le plus jeune des princes de la fratrie était aux commandes. Sa voix profonde rassurait la population troublée. Il prenait sans faiblir les décisions qui s'imposaient. Elle nota qu'il en payait le prix en contrepartie : traits tirés et cernes sous ses yeux. De fines ridules étaient apparues au coin de ses paupières et il maigrissait à vue d'œil.

Ses ministres et conseillers s'en étaient-ils rendu compte ? Ou seul l'amour rendait-il évidents ces détails ? Georgie ferma les yeux. Peine perdue : le visage d'Ibrahim restait imprimé dans son esprit.

Oui, hélas, elle l'aimait.

De tout son cœur.

Comme magiquement attiré par cet aveu silencieux qu'elle se faisait à elle-même, Ibrahim fit son entrée dans le petit salon où elle s'était installée. Prise au dépourvu, Georgie sursauta.

— Oh ! c'est toi… Je… j'allais me coucher, annonça-t-elle en éteignant le poste.

— Tu n'es pas obligée de courir te réfugier dans ta chambre.

Sans répondre, elle contourna le canapé. Il la saisit par le poignet pour l'immobiliser.

— Tu as compris ce que disait le reportage ?

— En gros. Il y avait des sous-titres. Les choses ont l'air de s'arranger. Ils ne tarissent pas d'éloges sur ton dévouement et ta manière de gérer la crise. Et ils ont parlé d'une fiancée…

Elle baissa la tête pour ne pas affronter son regard. Malgré ses efforts, deux larmes s'écrasèrent sur le poignet d'Ibrahim.

— On parle toujours de mariage, expliqua-t-il. Je suis prince et si je restais ici définitivement…

— Mais tu vas rester, l'interrompit-elle, c'est évident ! Tu as pris goût au pouvoir et tu vois désormais les choses sous un angle neuf.

— Ce n'est pas si simple. S'il s'agissait seulement de pouvoir… Je suis le prince de mon peuple. Il a attendu avec patience que je mûrisse ; à présent, je dois répondre devant lui de certaines questions. La modernisation est incontournable, mais il faut faire évoluer les mentalités en douceur. Cela exige du temps, de l'investissement à long terme. Sans être un homme rétrograde, mon père a une attitude conservatrice. Il faut l'influencer, l'amener à engager des réformes. C'est compliqué. Et moi, je constitue le lien entre sa génération et celle des enfants de Zaraq. Je suis ingénieur, mais également fils du désert. Je maîtrise la science, mais j'ai le respect de notre terre. Je peux imaginer des ponts qui surplombent des canyons sans les dénaturer, construire des routes qui amèneront l'instruction et la médecine au cœur du pays, tout en préservant les coutumes ancestrales.

Perdu dans ses rêves, Ibrahim garda le silence un moment. Il n'avait toujours pas lâché Georgie.

— Pour l'instant, reprit-il, nous nous attaquons au problème le plus crucial : l'épidémie. Ensuite, nous prendrons des mesures pour qu'une telle crise sanitaire ne se reproduise plus jamais.

Georgie releva la tête. Il avait exactement la même expression qu'elle lui avait vue dans l'avion en arrivant à Zaraq : celle d'un homme torturé, en proie à des angoisses et des tourments pesants.

— Qu'est-ce qui ne va pas, Ibrahim ? Tu étais déjà mal quand tu as quitté l'Angleterre. Je le sais, je l'ai lu sur ton visage pendant que tu dormais. As-tu pris ta décision ? Vas-tu t'installer à Zaraq ?

— Je ne sais pas. En toute honnêteté. Il va bien falloir que je rentre à Londres.

— Ta place est ici.

Elle n'aurait même pas songé à discuter cette évidence, même si elle lui brisait le cœur.

— Georgie, ce que je t'ai dit l'autre soir…

— Je t'en prie, ne t'excuse pas. Parce que je me haïrais si je te pardonnais.

— Je ne te demande rien de tel. Et je ne te demande pas de comprendre. Sache seulement qu'en tenant de tels propos, j'espérais surtout te détourner de moi, pour ne pas te blesser sur le long terme.

— Eh bien, c'est raté.

Et cette blessure qu'il lui avait infligée, elle devait accepter que peut-être celle-ci mettrait du temps à cicatriser. Elle le devait, oui, pour affronter le reste de sa vie.

14.

Ce soir-là, Georgie eut du mal à calmer Azizah, qui réclamait sa mère à cor et à cris.

Quand enfin la petite s'endormit dans son berceau, elle referma la fenêtre et rejoignit sa propre chambre. Elle savait qu'elle n'avait pas besoin de tourner la clé dans la serrure : même si c'était leur dernière chance d'être seuls pour se dire au revoir, Ibrahim ne viendrait pas, quelle que soit la puissance de son désir.

Il restait une longue nuit avant le retour à la normalité, à Londres. Ibrahim choisirait son destin de prince…

Après de longues minutes passées à se torturer l'esprit, elle prit sa décision…

Lorsque Ibrahim découvrit Georgie dans son lit, il ne s'embarrassa pas de questions. Il fit pleuvoir des baisers dans son cou, sur ses joues, son épaule.

Puis ils parlèrent de ce qui était si douloureux et se dressait entre eux.

— J'aurais aimé que tu me le dises, avoua Ibrahim.

— Qu'est-ce que cela aurait changé ? Tu m'aurais évitée et il ne se serait rien passé entre nous. Et nous ne pourrions pas vivre un moment comme celui-là…

Elle savourait le contact des lèvres d'Ibrahim sur sa peau, son corps lourd pesant sur le sien. C'était si bon…

— Mais tu imagines les années à venir ? insista-t-il.

La prochaine fois que tu viendras voir ta sœur, je serai peut-être marié.

— Nous nous arrangerons pour ne pas nous croiser.

— Les mariages, les naissances, les enterrements : il y aura plein d'occasions pour se retrouver, auxquelles nous ne pourrons pas nous dérober. Nous serons réunis, mais irrémédiablement séparés. Nous ne pourrons plus avoir… cela !

Le souffle d'Ibrahim lui brûlait la peau ; son érection était pressée contre son ventre. La voix frémissante de colère, il poursuivit :

— Je serai obligé de serrer la main de ton mari, d'admirer tes enfants… Ou allons-nous passer les cinquante prochaines années à nous éclipser en fin de repas pour nous retrouver en catimini dans un recoin sombre ?

— Non, je ne pourrais pas vivre comme ça, affirma-t-elle. C'est pour cette raison que je t'ai arrêté, le soir de notre rencontre : mon divorce n'était pas encore finalisé. Cela me semblait… mal.

— Donc, si tu as une conscience, cela exclut que tu te cantonnes au rôle de maîtresse, dit-il dans un soupir.

C'était donc leur dernière fois, réalisa-t-il, le cœur serré.

Il se releva pour allumer toutes les lampes de la pièce, disposées dans les angles et sur la commode. Cela baigna la pièce d'un éclairage doux, tamisé. Puis il revint vers le lit et tira sur le drap. Par réflexe, Georgie voulut le retenir ; elle capitula finalement. Le regard d'Ibrahim glissa le long de son corps dénudé et offert. Elle se mit à trembler, mais ce n'était pas de honte…

Ibrahim contempla les pieds de Georgie, ornés d'arabesques au henné pâlissantes, puis remonta sur ses chevilles, ses genoux, ses cuisses ; il s'attarda sur l'entrée bouclée du temple secret, qui demain ne lui appartiendrait plus, sur son ventre, sur ses seins dont il connaissait le goût.

Sous le regard de son amant, Georgie s'enflammait. Elle ferma les yeux. La bouche d'Ibrahim s'écrasa sur son ventre, puis glissa plus bas, encore plus bas…

Elle le laissa faire et ses lèvres, ses dents, sa langue firent miracle, taquinèrent, cajolèrent, faisant monter en elle un orgasme si intense qu'elle eut peur de s'y abandonner. Mais il lui fut impossible de lutter contre la vague qui déferla et balaya tout sur son passage.

Elle cria son prénom dans un sanglot.

Ibrahim se redressa alors et la pénétra d'un profond coup de reins, les yeux grands ouverts, son regard plongé dans le sien.

Georgie n'osait cligner des paupières : elle voulait se souvenir à tout prix de ces instants précieux, en conserver chaque seconde dans sa mémoire pour toujours. Elle voulait garder à jamais l'image du regard adorateur d'Ibrahim tandis qu'il plongeait en elle, encore et encore, l'image de sa peau mate contre la sienne, l'odeur de leurs deux corps gouvernés par la passion…

Le stress, la fatigue, l'anxiété : Ibrahim avait tout oublié. Il aurait pu se contenter de posséder Georgie, et tout aurait été plus simple. Il avait envie de jouir, mais il ne voulait pas que cela finisse, aussi luttait-il contre son propre corps, presque dans la douleur.

— Je t'en prie, je t'en prie…, haleta Georgie, au bord de l'orgasme.

Elle voulait qu'ils s'envolent ensemble. Elle pressa les lèvres contre l'épaule de son amant, pour cesser de le supplier. Son corps palpitait autour du membre d'Ibrahim, dont les coups de boutoir s'accélérèrent. Chaque seconde les rapprochait de l'explosion finale.

Puis le monde sembla se dissoudre dans un océan de plaisir…

Alors qu'elle reposait dans ses bras, encore étourdie et haletante, Ibrahim se mit à lui caresser doucement le ventre, songeur.

— Serait-il possible de… de faire annuler ce mariage ? demanda-t-il au bout d'un moment.

— C'est une réalité qui s'est produite. Tu as dit toi-même que rien ne pouvait l'effacer, répondit-elle d'une voix atone.

— Mais vous n'avez pas eu d'enfants ; et cette union a duré si peu de temps ! S'il s'agit d'une erreur que tu regrettes…

Georgie prit une grande inspiration. Il lui fallait du courage pour être franche, sans doute plus qu'elle n'en avait jamais eu dans sa vie.

— Je ne regrette rien, Ibrahim. J'ai beaucoup appris de cette expérience. Certes, c'était une erreur, mais j'en ai tiré la leçon. J'ai perdu en naïveté, gagné en sagesse et en assurance. La Georgie d'avant t'aurait dit ce que tu souhaitais entendre ; mais c'est impossible, j'ai changé.

— Alors à cause de ton passé, nous n'aurons pas d'avenir ?

— Mon passé a fait de moi une personne plus riche, plus équilibrée. Il m'a appris à dire non, à n'accepter que le meilleur. Je n'en ai pas honte.

Elle se leva, enfila rapidement sa robe, puis s'éloigna du lit avant d'être tentée de s'y glisser de nouveau pour retrouver la chaleur des bras d'Ibrahim. Oui, elle aurait pu, en cet instant, décider de se plier à sa volonté pour être celle qu'il aurait voulu qu'elle soit, et non la femme qu'elle était en réalité.

— Si toi, tu en as honte, c'est ton problème, conclut-elle en franchissant le seuil.

Le lendemain, à la minute où Felicity réintégra le palais royal, Georgie lui annonça qu'elle repartait pour Londres.

Sa sœur protesta, tenta de la faire changer d'avis, mais elle tint bon. Elle savait que si elle restait, elle retomberait dans les bras d'Ibrahim, jusqu'au jour où, son père lui ayant trouvé une vierge à épouser, elle serait obligée de céder sa place. Et à ses propres yeux, elle valait mieux que cela.

Ils devaient se séparer pour mieux guérir l'un de l'autre.

Felicity l'accompagna à l'aéroport. Georgie réussit à faire bonne figure jusqu'au moment des dernières embrassades. Là, elle craqua, s'écroulant contre l'épaule de sa sœur, en larmes.

— Ma chérie, tu l'oublieras. D'ici quelque temps, tu iras mieux, tu verras, affirma son aînée.

— Je sais, je sais, hoqueta-t-elle en s'essuyant les yeux.

Lorsque l'avion fut sur le point de décoller, l'hôtesse vint la prier de boucler sa ceinture.

— Avez-vous besoin de quoi que ce soit, mademoiselle Anderson ? lui demanda-t-elle.

— Non merci. Et c'est « madame », la corrigea Georgie.

Car elle était ce qu'elle était, qu'Ibrahim l'accepte ou non.

15.

Il était à Londres, Georgie le sentait.

Elle tapa « Zaraq » et « actualités » dans la fenêtre de son moteur de recherche.

L'épidémie était définitivement endiguée, lut-elle. Hassan et Jamal avaient ramené leur petit garçon au palais. Le roi était très satisfait de l'implication de son benjamin durant la crise ; il lui faisait désormais une entière confiance et était d'ailleurs lui-même reparti pour Londres. Pour *affaires*, affirmait le site.

D'Ibrahim, il n'était fait mention nulle part dans les entrées les plus récentes. Felicity était devenue très vague au téléphone, quelques jours auparavant, lorsqu'elle lui avait posé la question. Oui, il se trouvait en Angleterre, Georgie en était certaine ; elle le sentait dans chaque cellule de son corps.

Elle avait beau adorer son métier, elle avait trouvé très difficile de se concentrer sur les problèmes de ses clients cette semaine-là. Entre deux rendez-vous, elle ne cessait de consulter ses e-mails et textos.

Elle leva la tête de son ordinateur et consulta son agenda. La cliente à venir, Sophia Porter, avait pris rendez-vous pour un massage du cuir chevelu. C'était la première fois qu'elle venait à l'institut.

— Je ne suis pas sûre d'avoir le temps, finalement, lui dit-elle dès qu'elle eut poussé la porte. Je dois sortir ce soir. Un imprévu. Je voudrais donc reporter le massage, mais je suis tout de même venue car j'aimerais vous acheter un remède contre la migraine, si vous avez quelque chose à me proposer. Je souffre tant ! J'ai essayé d'innombrables traitements, qui se sont tous révélés inefficaces…

— Laissez-moi vous masser, offrit Georgie. Juste un moment, si vous êtes pressée. Cadeau de la maison. Ainsi, vous verrez bien si cela vous procure un soulagement.

La cliente hésita, mais la douleur devait être persistante puisqu'elle se laissa persuader et prit place dans le fauteuil de relaxation. Georgie entreprit de préparer ses huiles. Elle procédait toujours aux mélanges au dernier moment, à l'instinct, après s'être fait une impression, instinctive, du client. En l'occurrence, son choix se porta sur la lavande, mais aussi la sauge et la marjolaine, car elle avait perçu beaucoup de stress chez Sophia Porter.

Doucement, elle saisit les mains de sa cliente, fines, magnifiques, manucurées avec soin. Cette dernière demeurait crispée et se mit à discuter. Comme parler aidait parfois les gens à se détendre, Georgie lui confia qu'elle rentrait de vacances.

— Où étiez-vous ?

— Ma sœur aînée vit à Zaraq. C'est un royaume du Proche-Orient.

— Oui, j'en ai entendu parler, dit sa cliente avec un sourire.

Georgie ouvrit une fiole et fit chauffer quelques gouttes d'huile au creux de ses paumes.

— Ah, *bals-min*, murmura Sophia Porter en fermant les yeux. Parlez-moi donc de Zaraq. Est-ce une belle contrée ?

Tout en lui massant les mains, Georgie évoqua le désert, ses dunes infinies, les oasis, les rivages blonds et la mer turquoise. Appliquée, elle tira sur chaque doigt afin d'évacuer la tension, tout en parlant du ciel d'un bleu azur, du soleil ardent, du vent qui pouvait devenir fou en quelques instants.

Lorsqu'elle se tut enfin, sa cliente ne fit pas de commentaire : elle s'était assoupie. Georgie attendit quelques minutes avant de la réveiller gentiment.

— Ma migraine a disparu ! s'étonna-t-elle en se levant.

En dépit des protestations de Georgie, elle insista pour payer la séance au tarif normal et acheta également un flacon d'huile essentielle de mélisse.

— Vous avez un don ! affirma-t-elle.

— Merci.

— Puis-je reprendre rendez-vous ?

— Bien sûr.

Georgie ouvrit son ordinateur et entreprit d'enregistrer dans un nouveau dossier les informations que Sophia avait renseignées sur sa fiche d'inscription.

— C'est « madame » ou « mademoiselle » ? lui demanda Georgie. Vous n'avez pas spécifié.

— Parce qu'il n'y avait pas de case « Altesse royale ». Mettez donc « madame », c'est ainsi qu'on m'appelle désormais.

Le cœur de Georgie manqua un battement. Elle releva la tête et son regard croisa celui de son élégante cliente, dans lequel brillait une lueur bienveillante.

— Vous n'êtes pas venue… pour un massage ? balbutia-t-elle.

— Non, reconnut Sophia. Mais soyez sûre que je reviendrai. Enfin, si vous êtes d'accord. Ma migraine était bien réelle ; jamais je n'aurais cru m'en débarrasser de cette façon ! Mais je m'inquiète surtout pour mon fils.

— Vous avez discuté avec Ibrahim ?

— Oui. Il est ici, à Londres. Et vous êtes aussi jolie qu'il le dit.

— Il… il vous a parlé de moi ? s'exclama Georgie, abasourdie.

— Il n'est guère enclin aux confidences, mais oui, il a fini par admettre que vous lui manquiez terriblement.

— Il ne m'a pas appelée…

— Il angoisse à l'idée du traitement que vous réserverait le peuple zaraqi si vous deveniez ouvertement sa compagne. Il n'a pas oublié comment j'ai été traitée. Quand j'ai quitté le pays, la presse locale s'est déchaînée contre moi. Mon mari m'a pardonné mon infidélité, pas le peuple. Peu importe : je mène une vie heureuse ici, et mon mari vient souvent me rejoindre.

— Zaraq ne vous manque pas ?

— Si, parfois. Mais ici, je peux être moi-même.

Sophia refoulait la douleur qui irradiait son cœur. Elle ne culpabilisait même pas de mentir. Elle voyait en Georgie l'occasion inespérée de garder son fils auprès d'elle, à Londres. Durant des années, ce dernier avait affirmé que sa vie était ici, en Angleterre, mais elle voyait bien que les choses avaient changé récemment. La tentation de s'installer définitivement à Zaraq était là, parce que Ibrahim imaginait pouvoir dessiner un avenir meilleur pour son peuple et qu'il le souhaitait vivement.

Le désert avait gagné…

Puis, il lui avait parlé de Georgie, une femme qu'il aimait et qui ne pourrait jamais vivre là-bas ; du coup, elle avait entrevu l'espoir d'avoir enfin autour d'elle une vraie famille, avec des petits-enfants qu'elle pourrait chérir et qui ne grandiraient pas loin d'elle, en étrangers ; des petits-enfants avec lesquels elle partagerait les Noëls et les anniversaires.

— Tu peux profiter de ces deux mondes, avait-elle dit à Ibrahim. Ne tourne pas le dos à l'amour. Tu trouveras un moyen. Ensemble, nous chercherons une solution.

Ce jour-là, elle répéta la même chose à Georgie :

— Je sais que vous avez traversé une période de fragilité, mais je constate que vous êtes forte, aujourd'hui. Vous ne vous écroulerez pas pour quelques articles fielleux dans la presse. Et Ibrahim vous protégera. Il ne laissera pas votre passé menacer votre avenir.

— Je ne pense pas que nous ayons un futur commun.

— N'en soyez pas si sûre, objecta Sophia en souriant. Je sais ce que vous ressentez. Et si vous voulez une oreille amicale pour exprimer vos peurs, je suis là.

16.

Ça ne passait toujours pas.

La voix ne se taisait jamais.

Son cœur était noyé de tristesse et son âme en peine hurlait.

Chaque matin, en nouant sa cravate, Ibrahim avait l'impression d'étouffer. Les rues étaient bondées, sales, la pluie incessante.

Dire qu'il allait peut-être passer là le reste de sa vie…

Il avait écouté ses frères et son père, sans parvenir à tomber d'accord avec eux. Il avait aussi écouté sa mère, qui le pressait de ne pas refermer cette porte et affirmait qu'il avait plusieurs options devant lui.

Finalement, Ibrahim avait décidé que rester à Londres ne l'empêcherait pas d'aider le peuple zaraqi.

Résolument, il gravit le perron qui menait au petit institut de bien-être. Son choix était arrêté. Rien ne pourrait le faire changer d'avis.

Georgie reconnut le pas d'Ibrahim avant d'entrevoir sa silhouette dans l'encadrement de la porte. Aussitôt, elle baissa la tête, pour ne pas garder à la mémoire cette image qu'il serait si difficile d'effacer ensuite. Mais ses yeux, comme aimantés, revinrent se fixer sur le beau visage de l'homme qu'elle… Non ! Elle ne devait pas penser à lui en ces termes.

— J'ai un rendez-vous qui va arriver d'une minute à l'autre, lui dit-elle. Je n'ai pas le temps…

— C'est moi, ton rendez-vous. Ma secrétaire l'a pris à son nom. Il fallait que je te voie.

— Ce n'est pas une bonne idée…

L'intrusion de son parfum familier, ici, dans son petit institut, la bouleversait jusqu'à la moelle. Elle avait envie de le toucher, de lui tomber dans les bras, mais elle avait peur de le perdre.

Une fois de plus.

— Georgie, je serais très honoré si tu voulais bien accepter de devenir ma femme.

Elle resta bouche bée, les bras ballants, la gorge sèche et le cœur battant la chamade. Avait-elle bien entendu ? Sa *femme* ?

— Mais…, bredouilla-t-elle.

— Il n'y a pas de « mais ».

Georgie était bien certaine du contraire, mais elle n'osait pas le questionner ; d'autant qu'elle était encore sous le choc.

— Je ne te demande pas de renoncer à ton travail, bien sûr, poursuivit-il.

Cette fois les mots se précipitèrent tout seuls hors de sa bouche :

— Ibrahim, tu aimes ton pays, tu respires pour lui. Ta place est là-bas. Tu le sais, je le sais, je le *sens*…

— Non.

— Si !

— Nous vivrons à Londres. Je retournerai voir ma famille régulièrement et j'effectuerai des séjours de travail, mais notre foyer sera ici.

Elle aurait voulu accepter, bien sûr, crier : « oui, oui je t'épouserai et je resterai auprès de toi ! » Chaque battement de son cœur la poussait à céder à cet élan joyeux et sauvage. Mais elle n'était plus aussi impulsive qu'avant ; elle devait songer à se préserver.

— Si nous nous marions, je pourrai t'accompagner lors de tes voyages à Zaraq ?

Il secoua la tête.

— C'est impossible. Quand on saura que tu es divorcée, un scandale éclatera. Mais tu te tiendras à distance, je te préserverai.

— Non merci, ce ne sera pas la peine.

Une expression choquée et douloureuse crispa les traits d'Ibrahim.

— Je t'offre de…

— … de devenir une moitié de princesse, coupa-t-elle avec amertume. Eh bien, je m'estime au-dessus de ça, vois-tu.

— Je te donnerai tout ce que tu voudras.

— Mais je ne pourrai pas me rendre chez toi, près des tiens, près de ma sœur.

— C'est un palais que tu veux ? Le luxe ? Les ors de la royauté ?

— Oui, articula Georgie. Si je deviens ta femme, je veux tout cela.

— Tu n'es pas celle que je croyais…

— Je suis bien mieux que cette personne ; et je me bonifie de jour en jour. La semaine dernière encore, j'aurais peut-être accepté ta proposition. Mais désolée, plus maintenant. Je ne veux pas de week-ends à la sauvette. Je ne veux pas manquer les anniversaires et les Noëls. Je ne veux pas d'une belle-famille qui me haïra. Et je ne veux pas être la princesse d'un pays qui me rejettera.

Elle s'interrompit pour reprendre son souffle, et un peu de courage.

— Je n'ai pas besoin d'être protégée, reprit-elle, parce que je ne suis plus fragile. Je sais ce que je veux. Je te veux chaque nuit dans mon lit. Je veux tout. Sans demi-mesures. Parce que je le mérite. Et si tu ne peux pas me l'offrir, je ne me contenterai pas d'une moitié. Je suis mieux seule, libre d'aller et venir, de rendre visite à ma sœur quand bon me semble, plutôt que de mener la vie d'une épouse en exil.

— Alors… tu refuses ?

— Exactement.

— Tout ce que je veux t'offrir…

— … garde-le pour cette fiancée que ton père te choisira. Ta petite vierge docile. Qui ne te rendra jamais heureux, martela-t-elle, impitoyable.

17.

— Espèce d'idiot ! jeta Ibrahim.

Il passa en trombe devant sa mère, qui était venue lui ouvrir la porte, et marcha furieusement vers le fauteuil où était assis son père.

Sophia tressaillit et demeura sur le seuil de la pièce, sans oser aller plus loin. Elle ne pouvait pas endiguer ce conflit entre les deux hommes qu'elle aimait le plus.

— Comment oses-tu me parler de la sorte ? rugit son père en se dressant de toute sa hauteur. Je suis ton père ! Je suis le roi !

— Tu n'es plus mon roi, objecta Ibrahim. C'est fini. Tu as tranché notre famille en deux en écartant Sophia, mais c'est terminé. Pas deux fois.

— Je n'avais pas d'autre choix.

— C'est toi le roi ! C'est toi qui fais les lois !

Ibrahim entendit les pleurs étouffés de sa mère dans le couloir, mais rien ne pouvait l'arrêter :

— Elle a le droit d'être à tes côtés, à la maison. Elle ne mérite pas de vivre cachée dans l'anonymat d'une ville étrangère, comme un secret honteux. C'est la mère de tes enfants !

— Elle m'a trompé !

— Et toi ? cria Ibrahim, hors de lui. Tu n'avais pas de maîtresses, peut-être ?

— Ibrahim, je t'en prie ! supplia Sophia depuis le pas de la porte.

*
* *

Georgie gravit le perron de la maison, à l'adresse que lui avait fournie Sophia. Elle constata que la porte d'entrée était restée entrouverte. Des cris s'échappaient de l'intérieur. Elle jeta un coup d'œil et se figea en apercevant Sophia, prostrée en larmes dans le couloir.

Cette dernière remarqua tout à coup sa présence.

— Georgie, arrêtez-le ! s'écria-t-elle. Faites-le taire, je vous en prie. Il va le tuer !

Mais elle savait qu'après un long conflit larvé, certaines confrontations ne pouvaient être évitées. Il fallait que les mots sortent, comme cela avait fini par se passer entre Felicity et elle. Aussi se dirigea-t-elle vers Sophia pour lui prendre la main, en se gardant d'intervenir dans la discussion entre le père et son fils.

— Tu n'as même pas voulu lui accorder le divorce, ce qui lui aurait permis de s'en sortir avec dignité, renchérit Ibrahim. A présent, il faut en finir avec cette mascarade. Tu dois la ramener à Zaraq.

— Le peuple ne l'acceptera jamais. Et il ne me respectera plus si je pardonne à ta mère.

— Certains ne comprendront pas, c'est vrai. Mais d'autres, au contraire, verront de la grandeur dans ce geste. Tu y gagneras leur estime ; et tu gagneras celle de ton fils.

Le roi dévisagea son benjamin, celui qu'il avait tant de mal à comprendre, celui qu'il avait accusé d'être faible parce qu'il avait hurlé sa révolte dans le désert, pleurant, appelant sa mère, alors que son corps aurait dû accepter l'épreuve, se rouler en boule, capituler. Mais Ibrahim n'avait pas cédé. Il avait tenu bon, sans renoncer à rien de ce en quoi il croyait. Et aujourd'hui, le roi sentait la force qui l'habitait.

— J'aime Georgie, déclara Ibrahim. Elle va m'épouser. Sache que je ne remettrai jamais les pieds à Zaraq sans elle. Pas plus que nos futurs enfants.

— Tu ne peux pas abandonner ton pays !

— Je viens pourtant de le faire, rétorqua Ibrahim, sans une once de regrets dans la voix.

Georgie ferma les yeux. Son cœur chantait à présent qu'elle avait compris à quel point Ibrahim l'aimait, jusqu'où il était prêt à aller par amour pour elle.

— Tu ne peux pas renoncer au désert ! tonna encore son père.

— Le désert ne m'a jamais appelé. C'était mon cœur que je suivais.

— Je t'interdis de te moquer des vieilles traditions !

— Je ne me moque en aucun cas. C'est le désert qui nous a tous réunis. Je ne le considère pas comme un ennemi. C'est son roi qui est aveugle.

Ibrahim décida qu'il avait tout dit à son père. Maintenant qu'il en avait terminé avec lui, il allait retrouver Georgie. Il fit volte-face pour sortir…

… et se retrouva face à elle, la main dans celle de sa mère.

Elle vint se jeter dans ses bras.

— Jamais je ne te demanderai d'abandonner ton peuple, Ibrahim ! bredouilla-t-elle. Je sais combien tu l'aimes.

— Mais il devra m'aimer, lui aussi. Je suis en mesure d'aider les Zaraqi, et je me dévouerai pour eux, mais seulement s'ils m'acceptent tel que je suis. Et une partie de moi sera toujours avec toi.

Il parlait avec le plus grand sérieux, comprit Georgie dans un éclair de joie. Ses doutes et ses incertitudes s'étaient envolés. Il ne luttait plus contre lui-même.

Il lui prit la main et, d'un pas ferme, l'entraîna hors de la maison.

— Tu as bien conscience de ce que tu es en train de faire ? demanda-t-elle.

— Et toi ? rétorqua-t-il. Tu ne seras même pas une demi-princesse…

Elle le retint pour l'obliger à s'arrêter, puis vrilla son regard au sien :

— Suis-je tienne, Ibrahim ?

— Oui.

— Et toi ? M'appartiens-tu, pour toujours ?

— Bien sûr.

— Alors j'ai tout ce qu'il me faut.

Elle baissa les yeux sur leurs mains jointes, leurs doigts entrecroisés, et sut qu'elle avait trouvé son palais.

Et son prince.

Epilogue

— Le pire est bientôt derrière nous, mon amour.

Ibrahim voulait parler du côté officiel et guindé de la cérémonie de mariage, mais Georgie savait que d'autres épreuves, plus sévères encore, les attendaient. Qu'importait ! Avec l'homme de sa vie à ses côtés, elle se sentait le courage de les affronter.

Ibrahim avait conscience que sa femme n'aimait pas être exposée sous les feux de la rampe, aussi essayait-il de la protéger de son mieux. Heureusement, même s'ils célébraient aujourd'hui leur union, la présence d'un autre couple concentrait une partie de l'attention générale.

Car en ce jour, Zaraq fêtait également les retrouvailles du roi et de la reine.

Sophia était de retour, rayonnante, parmi les sujets qui l'avaient adorée et avaient pleuré son fils mort dans le désert.

Assise à la grande table du banquet, elle écoutait le roi prononcer son discours.

Il était fier de son pays et de son peuple, il les remerciait de partager cette journée avec lui, et il exprimait tout spécialement sa gratitude à son épouse, qui avait fait preuve envers lui d'une infinie patience.

Puis il ajouta qu'il était très fier de son plus jeune fils — le plus rebelle aussi, précisa-t-il avec un sourire — qui, dernièrement, avait su lui ouvrir les yeux.

Enfin, il remercia Georgie d'aimer son fils avec tant de ferveur.

Ainsi prirent fin les formalités ; les festivités proprement dites purent alors commencer.

Ils festoyèrent, puis dansèrent la *zeffa*. Georgie n'aurait jamais cru avoir l'audace de le faire devant tous ces gens, devant Ibrahim, *pour* Ibrahim. Et pourtant…

— Emmène-moi dans le désert, lui demanda-t-elle plus tard, alors que la fête battait son plein.

Ibrahim faillit lui répondre qu'ils avaient des devoirs envers leurs invités. Il se reprit. Ils avaient posé pour la photo, avaient salué la foule au balcon, s'étaient divertis en présence de leurs amis et parents… Désormais, c'est envers Georgie qu'il avait des devoirs.

Il alla informer ses parents.

— Vous ne pouvez pas partir au beau milieu de votre mariage ! protesta Sophia.

— Mais si, elle peut ! s'écria Felicity en embrassant sa sœur avec fougue.

Ils grimpèrent dans un hélicoptère et survolèrent le désert infini qui, de nuit, ressemblait à un océan immuable et millénaire. L'espace d'un moment, les mots n'eurent plus cours ; seulement les baisers.

Le pilote les déposa devant la tente royale.

Georgie s'attendait à ce que Bedra les accueille, avant le rituel du bain et des pétales de roses, mais ce fut Ibrahim qui alluma lui-même les lampes à huile dans ce qui allait être leur cocon pendant les prochaines heures.

— Nous sommes seuls ? s'étonna Georgie.

— Oui, en tête à tête. Et je te jure que personne ne nous surveille, même de loin. Mais nous sommes en sécurité, je te le promets.

Georgie n'en doutait pas une seconde. Elle était en sécurité. Chez elle. Dans le désert. Seule avec Ibrahim.

Découvrez la saga *Azur* de 8 titres

La couronne de
SANTINA

Et plongez au cœur d'une principauté où les scandales éclatent et les passions se déchainent.

1er avril

1er mai

1er juin

1er juillet

1er août

1er septembre

1er octobre

1er novembre

Rendez-vous dans vos points de vente habituels
ou en e-book sur www.harlequin.fr

éditions **HARLEQUIN**

collection *Azur*

Ne manquez pas, dès le 1er juillet

***DES VŒUX SOUS CONTRAINTE**, Melanie Milburne* • *N°3366*

Mariage Arrangé

Alors qu'elle s'avance vers l'énigmatique et troublant Angelo Bellandini, Natalie est gagnée par l'angoisse. Ce brillant homme d'affaires italien acceptera-t-il de retirer la plainte qu'il a déposée contre son jeune frère ? Y a-t-il un espoir qu'il accède à sa demande, alors même qu'elle a refusé de l'épouser cinq ans plus tôt ? Après un tel affront, il faudrait un miracle pour qu'il consente à l'aider ! Contre toute attente, cependant, Angelo lui répond qu'elle obtiendra ce qu'elle souhaite. Mais à la seule et unique condition… qu'elle l'épouse !

***UNE SI TROUBLANTE INTIMITÉ**, Michelle Conder* • *N°3367*

Lorsque Vasily Aleksandrov lui propose de devenir la nounou de son fils de deux ans – qu'il connaît à peine et dont il vient tout juste d'obtenir la garde –, Lexi accepte sans hésiter. Déjà, dans la crèche où elle travaillait, n'était-elle pas la seule à pouvoir réconforter le petit garçon, trop souvent délaissé par sa mère ? Et puisque cette dernière l'a à présent abandonné, Lexi est prête à tout pour lui prodiguer l'amour dont il a besoin. Y compris à partager le toit – et l'intimité – de l'arrogant et ténébreux Vasily. Un homme dont la seule présence suffit à l'embraser...

***UN LIEN TRÈS SECRET**, Lynn Raye Harris* • *N°3368*

Enfant Secret

Enceinte ? Valentina D'Angeli est sous le choc. Car le père du bébé n'est autre que Nicolo Gavretti, l'ennemi juré de sa famille… Nicolo, dans les bras duquel elle s'est abandonnée au cours d'une nuit passionnée, six semaines plus tôt, sans savoir qui il était. Ensuite, en découvrant l'identité de son amant, elle n'a pensé qu'à une seule chose : fuir. Et elle s'est arrangée pour ne plus croiser Nicolo. Mais à présent, Valentina n'a plus le choix : elle va devoir aller le trouver et lui annoncer qu'elle attend un enfant de lui...

A LA MERCI D'UN MILLIARDAIRE, *Chantelle Shaw* • *N°3369*

Pour offrir rapidement à sa mère les soins dont elle a besoin, Louise doit se résigner à vendre Eirenne, l'île grecque où elle a grandi et à laquelle elle est si attachée. Une décision terrible pour elle, mais que l'urgence de la situation ne lui permet plus de différer. A tel point qu'elle décide d'aller trouver Dimitri Kalakos, à Athènes, pour lui proposer de se porter acquéreur. Peut-être parviendra-t-elle à le convaincre que c'est le seul moyen pour lui de récupérer enfin cette île splendide, perdue en Méditerranée, qu'il a toujours considérée comme faisant partie de son héritage ? A sa grande surprise, Dimitri accepte tout de suite de conclure la vente. Mais à une condition : qu'elle devienne sa maîtresse...

SOUS LE JOUG DE LA PASSION, *Trish Wylie* • *N°3370*

Lorsqu'elle rencontre Blake Clayton, Olivia est d'emblée subjuguée par le charme ravageur de ce richissime héritier. Avant de se reprendre aussitôt : Blake n'est-il pas le premier client important que le cabinet d'avocats où elle travaille daigne lui confier ? Hors de question, dans ces conditions, de laisser cet homme – aussi séduisant soit-il – menacer les plans de carrière qu'elle a bâtis ! Mais c'est compter sans l'opiniâtreté de Blake qui, en plus d'être un client particulièrement exigeant, ne semble vouloir lui accorder aucun répit avant de l'avoir totalement séduite...

LA TENTATION DE SANTIAGO SILVA, *Kim Lawrence* • *N°3371*

Santiago le sait, il ne faut pas se fier aux apparences. Et même si Lucy Fitzgerald se donne l'air d'être une douce ingénue, nul doute qu'elle est en réalité une créature vénale et sans scrupules. Par conséquent, il est hors de question qu'il laisse cet ex-mannequin abuser de la naïveté de son frère cadet ! Voilà pourquoi il a mis au point un stratagème infaillible : il séduira Lucy Fitzgerald, dans l'unique but de dévoiler au grand jour sa véritable personnalité. Un plan qui ne tarde cependant pas à se fissurer quand Santiago s'aperçoit qu'il a lui-même le plus grand mal à résister à la troublante féminité de Lucy...

VENGEANCE POUR UN SÉDUCTEUR, *Abby Green* • *N°3372*

De retour en Argentine, son pays natal, Maddie n'a qu'un but : reprendre en main le domaine viticole que son père lui a légué. Mais une fois sur place, elle ne peut s'empêcher d'éprouver un trouble intense face à Nicolas de Rojas, le séduisant propriétaire du vignoble voisin. Pourquoi Nicolas se montre-t-il si charmeur avec elle ? Il devrait plutôt la détester après la manière abrupte dont elle a rompu avec lui, huit ans plus tôt, sans même qu'elle puisse lui expliquer les vraies raisons de sa décision. Peu à peu, Maddie sent le doute l'envahir : en voulant la séduire de nouveau, Nicolas n'essaie-t-il pas de se venger d'elle ?

LA CAPTIVE DU SAHARA, *Kate Hewitt* • *N°3373*

Noëlle est folle de rage. Comment Ammar a-t-il osé l'enlever pour la retenir ensuite prisonnière chez lui, en plein cœur du Sahara ? Et que recherche-t-il en agissant ainsi ? Dix ans plus tôt, ne l'a-t-il pas abandonnée le soir même de leur mariage, sans la moindre explication, lui infligeant une souffrance et une humiliation terribles ? Mais sa colère se mue en panique lorsqu'Ammar lui présente ses conditions : il la laissera repartir chez elle si, et seulement si, elle accepte de passer trois jours – et trois nuits – avec lui...

UNE DÉLICIEUSE CONQUÊTE, *Penny Jordan* • *N°3374*

- Passions à Saint-Pétersbourg - 1ère partie

Depuis qu'il a croisé Alena, la sœur de son rival Vasilii Demidov, dans un hôtel de Londres, Kyril n'a qu'une obsession : séduire la jeune femme. Ainsi, n'aura-t-il pas un moyen de pression idéal contre son redoutable concurrent en affaires ? Sans compter que la sublime Alena lui a tout de suite inspiré un violent désir, un désir qui rend son projet encore plus excitant. Mais face à l'innocente beauté d'Alena, il n'est bientôt plus aussi sûr de pouvoir rester maître de la situation…

LA FIERTÉ D'UN HÉRITIER, *Caitlin Crews* • *N°3375*

- La couronne de Santina - 4e partie

Epouser Rafe McFarland, l'ombrageux et richissime duc de Pembroke, et lui donner un héritier, c'est la seule issue qui s'offre à Angel si elle veut pouvoir payer les dettes colossales de sa mère. Un arrangement de pure convenance où l'amour n'entre pas en ligne de compte. Et pourtant, dès la première nuit qu'elle partage avec Rafe, dans le splendide manoir qu'il possède en Ecosse, Angel sent une étrange émotion la gagner. Qu'adviendra-t-il si elle tombe amoureuse de cet homme froid et ténébreux ?

Attention, numérotation des livres différente pour le Canada : numéros 1811 à 1816.

Best-Sellers n°559 • suspense

Un tueur dans la nuit - Heather Graham

Un corps atrocement mutilé, déposé dans une ruelle mal éclairée de New York en une pose volontairement suggestive…

En s'avançant vers la victime – la quatrième en quelques jours à peine –, l'inspecteur Jude Crosby comprend aussitôt que le tueur qu'il traque vient une fois de plus d'accomplir son œuvre macabre. Qui est ce déséquilibré, qui semble s'ingénier à imiter les crimes commis par Jack l'Eventreur au 19e siècle ? Et comment l'identifier, alors que le seul témoin à l'avoir aperçu n'a distingué qu'une ombre dans la nuit, vêtue d'une redingote et d'un chapeau haut de forme ? Se pourrait-il, comme le titrent les médias, déchaînés par l'affaire, qu'il s'agisse du fantôme du célèbre assassin, ressuscité d'entre les morts pour venir hanter le quartier de Wall Street, désert la nuit ? Une hypothèse qui exaspère Jude, lui qui sait bien qu'il a affaire à un homme en chair et en os qu'il doit arrêter au plus vite. Quitte pour cela à accepter de collaborer avec la troublante Whitney Tremont, l'agent du FBI qui lui a été envoyé pour l'aider à résoudre l'affaire. Même si Jude ne croit pas un seul instant au don de double vue qu'elle prétend posséder…

Best-Sellers n°560 • suspense

L'ombre du soupçon - Laura Caldwell

Après des mois difficiles durant lesquels elle a été confrontée à la perte d'un être cher ainsi qu'à une déception amoureuse, Izzy McNeil, décidée à ne pas se laisser aller, accepte sans hésiter de devenir présentatrice d'une nouvelle chaîne de télévision. Mais si la chance semble lui sourire à nouveau, il lui reste encore à retrouver sa confiance en elle et à remettre de l'ordre dans sa vie sentimentale. Pourtant, tout cela passe d'un seul coup au second plan quand elle retrouve Jane, sa meilleure amie, sauvagement assassinée. Anéantie, Izzy doit en outre affronter les attaques d'un odieux inspecteur de police qui la soupçonne du meurtre de son amie. Comment se défendre face à ces accusations quand des coïncidences incroyables la désignent comme la coupable idéale – tandis que de sombres secrets que Jane aurait sans doute voulu emporter dans la tombe commencent à remonter à la surface ? Désormais, Izzy le sait, elle est la seule à pouvoir dissiper l'ombre du soupçon.

Best-Sellers n°561 • thriller

L'hiver assassin - Lisa Jackson

Ne meurs pas. Bats-toi. Ne te laisse pas affaiblir par le froid et la morsure du vent. Oublie la corde et l'écorce gelée. Bats-toi. C'est la quatrième femme morte de froid que l'on retrouve attachée à un arbre dans le Montana, un étrange symbole gravé au-dessus de la tête. Horrifiées par cette série macabre, Selena Alvarez et Regan Pescoli, inspecteurs de police, se lancent dans une enquête qui a tout d'un cauchemar, au cœur d'un hiver glacial et de jour en jour plus meurtrier à Grizzly Falls. Au même moment, Jillian Rivers, partie à la recherche de son mari dans le Montana, se retrouve prisonnière d'une violente tempête de neige. Un homme surgit alors pour la secourir avant de la conduire dans une cabane isolée par le blizzard. Malgré son soulagement, Jillian éprouve instinctivement pour cet être taciturne un sentiment de méfiance. Et si ses intentions n'étaient pas aussi bienveillantes qu'il y paraissait ? Et s'il se tramait quelque chose de terrible ? Pour Selena, Regan et Jillian, un hiver assassin se profile peu à peu dans ces forêts inhospitalières…

Best-Sellers n°562 • thriller

Et tu périras par le feu - Karen Rose

Hantée par une enfance dominée par un père brutal – que son entourage considérait comme un homme sans histoire et un flic exemplaire –, murée dans le silence sur ce passé qui l'a brisée affectivement, l'inspecteur Mia Mitchell, de la brigade des Homicides, cache sous des dehors rudes et sarcastiques une femme secrète, vulnérable, pour qui seule compte sa vocation de policier. De retour dans sa brigade après avoir été blessée par balle, elle doit accepter de coopérer avec un nouvel équipier, le lieutenant Reed Solliday, sur une enquête qui s'annonce particulièrement difficile : en l'espace de quelques jours, plusieurs victimes sont mortes assassinées dans des conditions atroces. Le meurtrier ne s'est pas contenté de les violer et de les torturer : il les a fait périr par le feu…Alors que l'enquête commence, ni Mia ni Reed, ne mesurent à quel point le danger va se rapprocher d'eux, au point de les contraindre à cohabiter pour se protéger eux-mêmes, et protéger ceux qu'ils aiment…

Best-Sellers n°563 • roman

La vallée des secrets - Emilie Richards

Si rien ne changeait, le temps aurait raison de son mariage : telle était la terrible vérité dont Kendra venait soudain de prendre conscience. Blessée dans son amour, elle part s'installer dans un chalet isolé au cœur de la Shenandoah Valley, en Virginie. Une demeure héritée par son mari, Isaac, d'une grand-mère qu'il n'a jamais connue, seule trace d'une famille qui l'a abandonné après sa naissance. Dans ce lieu enchanteur et sauvage, elle espère se ressourcer et faire le point sur son mariage. Mais c'est une autre quête qui la passionne bientôt : celle du passé enfoui et mystérieux des ancêtres d'Isaac. Une histoire intimement mêlée aux secrets de la vallée, précieusement protégés par les habitants qui en ont encore la mémoire. Mais qu'importe : Kendra, qui n'a rien oublié de son métier de journaliste, est prête à relever le défi. Car, elle en est persuadée, ce n'est qu'en sachant enfin d'où il vient qu'Isaac pourra construire avec elle un avenir serein…

Best-Sellers n°564 • roman

Un automne à Seattle - Susan Andersen

Quand elle apprend qu'elle hérite de l'hôtel particulier Wolcott, près de Seattle, Jane Kaplinski a l'impression de rêver. Car avec la demeure, elle hérite aussi de la magnifique collection d'art de l'ancienne propriétaire ! Autant dire une véritable aubaine pour elle, conservatrice-adjointe d'un musée de Seattle. Mais à son enthousiasme se mêlent des sentiments plus graves : de la peine, d'abord, parce qu'elle adorait l'ancienne propriétaire de Wolcott, une vieille dame excentrique et charmante qu'elle connaissait depuis l'enfance. Et de l'angoisse, ensuite, parce qu'elle redoute de ne pas être à la hauteur de la tâche. Heureusement, elle peut compter sur l'aide inconditionnelle

de ses deux meilleures amies, Ava et Poppy, qui ont hérité avec elle de Wolcott. Et sur celle, quoique moins chaleureuse, de Devlin Kavanagh, chargé de restaurer la vieille bâtisse. Un homme très séduisant, très viril et très sexy, mais qui l'irrite au plus haut point avec son petit sourire en coin, et son incroyable aplomb. Mais comme il est hors de question qu'elle réponde à ses avances à peine voilées, elle n'a plus qu'à se concentrer sur son travail. Sauf que bien sûr, rien ne va se passer comme prévu…

Best-Sellers n°565 • historique

La maîtresse du roi - Judith James

Cressly Manor, Angleterre, 1662

Belle, sensuelle et déterminée, Hope Matthews a tout fait pour devenir la favorite du roi d'Angleterre, quitte à y laisser sa vertu. Pour elle, une simple fille de courtisane, cette réussite est un exploit, un rêve inespéré auquel elle est profondément attachée. Malheureusement, son existence dorée vole en éclats lorsque le roi lui annonce l'arrivée à la cour de la future reine d'Angleterre. Du statut de maîtresse royale, admirée et enviée de tous, elle passe soudainement à celui d'indésirable. Furieuse, Hope l'est plus encore lorsqu'elle découvre que le roi a mis en place un plan pour l'éloigner de Londres : sans la consulter, il l'a mariée à l'ombrageux et séduisant capitaine Nichols, un homme arrogant qui ne fait rien pour dissimuler le mépris qu'il éprouve pour elle…

Best-Sellers n°566 • historique

Princesse impériale - Jeannie Lin

Chine, 824.

Fei Long n'a pas le choix : s'il veut sauver l'honneur de sa famille, il doit à tout prix trouver une remplaçante à sa sœur fugitive, censée épouser un seigneur khitan sur ordre de l'empereur. Hélas ! à seulement deux mois de la cérémonie, il désespère de rencontrer la candidate idéale. Jusqu'à ce que son chemin croise celui de Yan Ling, une ravissante servante au tempérament de feu. Bien sûr, elle n'a pas l'élégance et le raffinement d'une princesse impériale, mais avec un peu de volonté – et beaucoup de travail –, elle jouera son rôle à la perfection, Fei Long en est convaincu. Oui, Yan Ling est la solution à tous ses problèmes. A condition qu'il ne tombe pas sous son charme avant de la livrer à l'empereur…

Best-Sellers n°567 • érotique

L'emprise du désir - Charlotte Featherstone

Parce qu'il croit avoir perdu à jamais lady Anaïs, la femme qu'il désire plus que tout au monde, lord Lindsay s'est laissé emporter entre les bras d'une autre maîtresse, aussi voluptueuse mais autrement dangereuse : l'opium. Semblables à de langoureux baisers, ses volutes sensuelles caressent son visage et se posent sur ses lèvres, l'emportant vers des cimes inexplorées. Et quand survient l'extase, le rideau de fumée se déchire, et, le temps d'un rêve, il possède en imagination la belle Anaïs. Hélas, pour accéder encore et encore à cet instant magique, Lindsay a besoin de plus en plus d'opium, qui devient vite pour lui une sombre maîtresse, exigeante, insatiable. Alors, le jour où lady Anaïs resurgit dans sa vie, encore plus troublante, encore plus désirable, il comprend qu'il va devoir faire un choix. Car il ne pourra les posséder toutes les deux…

www.harlequin.fr

OFFRE DE BIENVENUE

2 romans Azur gratuits et 2 cadeaux surprise !

Vous êtes fan de la collection Azur ? Pour prolonger le plaisir, recevez gratuitement **2 romans Azur et 2 cadeaux surprise !**

Une fois votre colis de bienvenue reçu, si vous souhaitez continuer à recevoir nos romans Azur, cela se fera automatiquement. Vous recevrez alors chaque mois 6 romans inédits de cette collection au prix avantageux de 3,85€ le volume (au lieu de 4,05€) auxquels viendront s'ajouter 2,95€* de participation aux frais d'envoi.

*5,00€ pour la Belgique

▶ **Vous n'avez aucune obligation d'achat et cette offre est sans engagement de durée !**

Les bonnes raisons de s'abonner :

- Aucun engagement de durée ni de minimum d'achat.
- Vos romans en avant-première.
- - 5% de réduction systématique sur vos romans.
- La livraison à domicile.

Et aussi des avantages exclusifs :

- Des cadeaux tout au long de l'année qui récompensent votre fidélité.
- Des réductions sur vos romans par le biais de nombreuses promotions.
- Des romans exclusivement réédités pour nos abonné(e)s notamment des sagas à succès.
- L'abonnement systématique à notre magazine d'actu ROMANCE.
- Des points cadeaux pouvant être échangés contre des livres ou des cadeaux.

Rejoignez-nous vite en complétant et en nous renvoyant le bulletin !

ZZ3F09
ZZ3FB1

N° d'abonnée (si vous en avez un) |_|_|_|_|_|_|_|_|_|

Nom : .... Prénom : ....

Adresse : ....

CP : |_|_|_|_|_| Ville : ....

Pays : .... Téléphone : |_|_|_|_|_|_|_|_|_|_|

E-mail : ....

☐ Oui, je souhaite être tenue informée par e-mail de l'actualité des éditions Harlequin.

☐ Oui, je souhaite bénéficier par e-mail des offres promotionnelles des partenaires des éditions Harlequin.

<u>Renvoyez cette page à</u> : Service Lectrices Harlequin – BP 20008 – 59718 Lille Cedex 9 - France

Composé et édité par les
éditions HARLEQUIN
Achevé d'imprimer en mai 2013

CPI BRODARD & TAUPIN

La Flèche
Dépôt légal : juin 2013
N° d'imprimeur : 71907

Imprimé en France